瑞蘭國際

瑞蘭國際

專為華人編寫之初級教材
Tayvanlılar için Türkçe Ders ve Çalışma Kitabı

土耳其語 | A2-B1
TÜRKÇE ÖĞRENİYORUM II

安卡拉大學土耳其及外國語言應用與研究中心教師　馬仕強（Özcan Yılmaz）

國立政治大學公企中心土耳其語課程教師　紀耀凱（Yao-Kai Chi）　　合著

國立政治大學副教授　曾蘭雅（Lan-ya Tseng）

作者簡介

馬仕強 | Özcan Yılmaz

　　土耳其 Gaziantep 大學教育學系碩士。曾任韓國外國語大學客座講師（2004-2006）、國立政治大學土耳其語文學系交換講師（2012-2014，2019-2020）。現任安卡拉大學土耳其及外國語言應用與研究中心（TÖMER）教師。

紀耀凱 | Yao-Kai Chi

　　土耳其伊斯坦堡海峽大學翻譯學研究所碩士，曾在國立政治大學土耳其語文學系任教（2011-2014）。自 2012 年起在國立政治大學公企中心擔任土耳其語課程教師，現為美國威斯辛大學麥迪遜分校課程與教學系博士候選人。

曾蘭雅 | Lan-ya Tseng

　　土耳其安卡拉大學現代土耳其語言學博士，2003 年起任教於國立政治大學外國語文學院土耳其語文學系。

ÖN SÖZ

Diller için Avrupa Ortak Başvuru Metni (The European Framework of Reference for Languages), hedef bir dili öğrenenleri iletişim hâlinde olan sosyal birer aktör olarak görür. Bu aktörler, belirli ortamlarda ve durumlarda yerine getirmeleri gereken söylemsel görevleri bulunan toplum üyeleridir. Bu görevler sadece dil ile sınırlı değildir. Kültür gibi geniş bir kavramın içinde yer alır. Hedef dilin öğrenilmesi ile birlikte o dile ait kültürel unsurlar da kazanılmış olur.

Bu kitap, Ulusal Chengchi Üniversitesi Yabancı Diller Fakültesi Türk Dili ve Kültürü Bölümünün alanındaki uzman hocaları tarafından ana dili Çince olan lisans öğrencileri ve Türkçeyi yabancı dil olarak öğrenmek isteyen Tayvanlı yetişkinler için hazırlanmıştır. Serinin ikinci çalışması olan Türkçe Öğreniyorum II kitabında yönergeler ve bazı açıklamalar araç dil (Çince) ile verilmiştir. Tayvan'da kullanılma olasılığı düşük olan, daha çok konuşma dilinde görülen ifadeleri içeren cümlelere de özellikle yer vermiştir.

Bu kitap iki bölümden oluşmaktadır. Birinci bölümde toplam 6 ünite yer almaktadır. Her bir ünite kendi içinde dilbilgisel bir örgüye sahiptir. Bununla, öğrencilerin dilbilgisi yapıları aracılığıyla iletişim sağlayabilmeleri hedeflenmiştir. Bu nedenle, her ünite, üniteye giriş diyalogları ile başlamaktadır. Her ünitenin sonunda "Hatırlayalım" bölümleri bulunmaktadır. Ayrıca, dinleme becerisini geliştirmeye yönelik hazırlanmış olan dinleme ses kayıtlarının tam olarak anlaşılabilmesi için öğrenenlerin ihtiyaç durumunda başvurabilecekleri "Dinleme Metinleri" bölümü eklenmiştir.

Kitabın ikinci bölümü olan Çalışma Kitabı yine ilk bölümde olduğu gibi 6 üniteden oluşur ve birinci bölüm içerikleri ile ilişkilidir. Bu bölüm daha çok dilbilgisel etkinlikler içermektedir. Her ünitenin sonundaki "Notlarım" sayfası ise öğrenenlerin tamamladıkları bölüm ile ilgili notları gözden geçimelerine imkân tanımaktadır. Ayrıca kitabın sonunda "Cevap Anahtarı" bölümü yer almaktadır.

Bu kitap, dört temel dil becerisi olan Okuma, Dinleme, Konuşma ve Yazma becerilerini geliştirmeye dönük olarak tasarlanmıştır. Ünitelerde yer alan etkinlikler A2 ve B1 dil düzeylerine göre belirlenmiştir.

序

　　「歐洲語言共同參考架構」將學習目標語者視為扮演溝通、社交角色的一個個演員。而在實際的社群中，目標語學習者必須根據特定的環境及情況圓滿達成其溝通表達的任務。而他們擔負的互動任務並不僅限於語言，也包括文化這樣廣義的溝通與互相理解。亦即，理想、成功的外語學習，是在學習目標語時，也同時將專屬該語言的文化元素加以吸收、內化。

　　本書係由國立政治大學外語學院土耳其語文學系、專精於語言教學領域的教師群，基於上述原則並結合其多年教學經驗，針對母語為華語的大學生以及有心學習土耳其語的台灣人編寫而成的叢書。本書《土耳其語 A2-B1》為本系列的第二冊教材，延續首冊的精神，以華語為工具語輔助說明土耳其語的語法現象及規則。同時，考量到台灣的學習者較少機會接觸到口語上的常用句型，而在例句、選文上精心編排當地人常用的句型。

　　本書由兩大部分組成：第一部分「課本」共有六課，各依其語法學習重點為軸心編排，期許學習者循序漸進、學習到相關的語法規則及溝通表達的常用句型。因此每一課皆以「對話」單元帶入，結尾再輔以「回顧」單元。此外，各課皆有為強化學習者聽力而編寫的聽力練習，為讓學習者能夠充分理解音檔內容，而在六課課文之後設置「聽力文本」，以供查閱之所需。

　　本書第二部分之「練習本」同樣分為六個單元，呼應第一部分之課程內容。「練習本」主要是提供與各課語法重點相關的各項練習，各課最後之「我的筆記」頁面則提供學習者可於課後自行記錄該課學習心得的機會。全書最後並提供練習本各課的參考解答。

　　本書旨在訓練「聽、說、讀、寫」四項基礎語言技能，全書所有內容皆根據「歐洲語言共同參考架構」制定的 A2-B1 程度設計。

İÇİNDEKİLER 目次

BİR VARMIŞ BİR YOKMUŞ...
很久很久以前……

Diyalog Sinemaya Gidelim MP3-01

Seda : Nereye gidiyorsun?

Meryem : Sinemaya. Sen de gel, birlikte gidelim. Sinemaya yeni filmler gelmiş.

Seda : Kim söyledi?

Meryem : Onur söyledi. Dün akşam sinemaya gitmiş.

Seda : Hangi filmler gelmiş? Onur hangi filmi izlemiş?

Meryem : Filmlerin hepsi yeni vizyona girmiş. Onur komedi filmi izlemiş.

Seda : Film nasılmış, güzel miymiş?

Meryem : Onur çok beğenmiş, çok gülmüş.

Seda : Filmin adı neymiş?

Meryem : Filmin adı "Düğün Dernek"miş.

Seda : Başrol oyuncuları kimlermiş?

Meryem : Başrol oyuncuları Ahmet Kural ve Murat Cemcir'miş.

Seda : Ben bu aktörleri çok seviyorum. O filme gidelim.

Meryem : Tamam, zaten film kapalı gişe oynuyormuş. Bir haftada beş yüz bin kişi izlemiş.

Seda : Film kaç dakika sürüyormuş?

Meryem : 90 dakika sürüyormuş.

A. Soruları yanıtlayın. 請回答問題。

1. Onur nasıl bir film izlemiş ? Filmin adı neymiş?

_____

2. Filmin başrol oyuncuları kimlermiş?

_____

3. Onur ne zaman sinemaya gitmiş?

_____

4. Filmi kaç kişi izlemiş? Film nasılmış? Film kaç dakika sürüyormuş?

_____

Masal

Bir varmış bir yokmuş. Allah'ın kulu çokmuş. Çok demek günahmış. Çok eski zamanlarda ülkelerden birinde çok zalim, insafsız, kötü bir kral varmış. Bu kralın uzun yıllar hiç çocuğu olmamış. Büyüler yaptırmış, ilaçlar içmiş. Sonunda bir kızı dünyaya gelmiş. Kız çok güzelmiş. Büyümüş ve daha çok güzelleşmiş.

Başka kralların prensleri bu güzel prensesle evlenmek istemişler. Ama kız hiçbir prensi sevmemiş ve hiçbiriyle evlenmek istememiş.

Bir gün kız çok sıkılmış ve ormanda dolaşmaya çıkmış. Ormanda bir çobanla karşılaşmış. Çoban çok yakışıklıymış. Hem güçlü hem de akıllı bir delikanlıymış. Zamanla çoban ve kız birbirlerine âşık olmuş ve evlenmeye karar vermişler. Kız babasından izin almak istemiş, ama babası asla izin vermemiş. Kral, kızının prense değil, sıradan bir çobana âşık olmasına çok kızmış. Görüşmemeleri için denizin ortasında bir kule yaptırmış ve askerlerine kızını bu kuleye hapsetmelerini emretmiş.

Çoban kızı kurtarmak için bir akşam kuleye kadar yüzmüş. Denizde birçok tehlike varmış, ama çoban bütün tehlikeleri atlatmış. Sonunda kızı hapishaneden kurtarmış ve başka güzel bir ülkeye kaçırmış. Orada evlenmişler. Uzun yıllar mutlu yaşamışlar. Onlar ermiş muradına, darısı bekârların başına...

A. Soruları yanıtlayın. 請回答問題。

1. Kral nasıl bir kralmış?

_____

2. Prenses kimi sevmiş, niçin?

_____

3. Kral kızının izin isteğine nasıl tepki vermiş?

_____

4. Çoban, prensesi nasıl kurtarmış?

_____

5. Hikâyenin sonunda ne olmuş?

_____

🔍 Belirsiz Geçmiş Zaman (-mış, -miş, -muş, -müş) 傳說過去式

☀ 相對於「確實過去式」用來表達我們確實見到、知道的過去事實，土耳其文中「傳說過去式」則表達我們沒親眼看見、也沒親身經歷，而是聽人轉述的過去事實。此外，傳說過去式還可以用來表達我們忘了但是後來想起，或是發生的當下沒發現，後來才察覺的過去事實。

Eylem	Belirsiz geçmiş zaman eki			Kişi eki	
bayıl- iç- oku- gül-	a- ı e- i o- u ö- ü	→ → → →	-mış -miş -muş -müş	Ben　→ Sen　→ O　→ Biz　→ Siz　→ Onlar →	-ım / -im / -um / -üm -sın / -sin / -sun / -sün – -ız / -iz / -uz / -üz -sınız / -siniz / -sunuz / -sünüz -lar / -ler

bayıl- | **iç-** | **oku-** | **gül-**

bayıl-	iç-	oku-	gül-
bayıl**mış**ım	iç**miş**im	oku**muş**um	gül**müş**üm
bayıl**mış**sın	iç**miş**sin	oku**muş**sun	gül**müş**sün
bayıl**mış**	iç**miş**	oku**muş**	gül**müş**
bayıl**mış**ız	iç**miş**iz	oku**muş**uz	gül**müş**üz
bayıl**mış**sınız	iç**miş**siniz	oku**muş**sunuz	gül**müş**sünüz
bayıl**mış**lar	iç**miş**ler	oku**muş**lar	gül**müş**ler

傳說過去式使用時機

1. 敘述者沒看見、沒聽說的過去事實

- İki yıl önce evlen**miş**.
- Ömer Karadeniz'e git**miş**.
- Dayım gençken dünyayı gez**miş**.
- Haberlerden duyduğuma göre geçen hafta İstanbul'da çok yağmur yağ**mış**.

2. 敘述者當下沒注意，後來才又想起；事後發現	3. 描述故事、神話傳說
- Aaa, anahtarımı evde unut**muş**um. - Aaa, yağmur başla**mış**. - Vakit ne çabuk geç**miş**.	- Yaşlı kadın, Pamuk Prenses'e kırmızı ama zehirli bir elma ver**miş**. - Tavşan Kaplumbağa ile alay etmeye başla**mış**.

A. Örnekteki gibi yapın.

請依照範例練習。

Örnek: Dün gece çok kar yağ_____ .

   Dün gece çok kar yağmış.

1. Bu sınava sen çok çalış_____ .

2. Geçen gün onlar sinemaya git_____ .

3. Ünlü bir politikacı öl_____ .

4. Eskiden dağda bir avcı yaşa_____ .

5. Arkadaşım söyledi, dün okula

   polis gel_____ .

6. Ahmet'le konuştum, geçen hafta Murat'la

   karşılaş_____ .

C. Soruları yanıtlayın.

請回答問題。

Örnek: Sinan Ankara'da kaç ay kalmış?

   Sinan Ankara'da üç ay kalmış.

1. Dünkü maçı hangi takım kazanmış?

   _____

2. Berna neyle ofise gelmiş?

   _____

3. Masadaki kitapları kim almış?

   _____

4. Onların toplantısı saat kaçta bitmiş?

   _____

5. Geçen hafta sonu ne yapmış?

   _____

6. Bu fotoğrafları kim çekmiş?

   _____

7. Dün gece saat kaçta eve dönmüş?

   _____

B. Örnekteki gibi yapın.

請依照範例練習。

Örnek: Duyduğuma göre _____ .

   Duyduğuma göre o İstanbul'a
   gitmiş.

1. İşittiğime göre _____

   _____ .

2. Arkadaşımın söylediğine göre _____

   _____ .

3. Gazeteden okuduğuma göre _____

   _____ .

4. Haberlerden duyduğuma göre _____

   _____ .

5. Ona göre _____

   _____ .

🔍 Belirsiz Geçmiş Zaman Olumsuz (-mamış, -memiş) 傳說過去式否定句

Eylem	Olumsuzluk eki	Belirsiz geçmiş zaman eki	Kişi eki	
al- otur- ver- gör-	-ma- -me-	-mış- -miş-	Ben →	-ım / -im
			Sen →	-sın / -sin
			O →	—
			Biz →	-ız / -iz
			Siz →	-sınız / -siniz
			Onlar →	-lar / -ler

al-
almamışım
almamışsın
almamış
almamışız
almamışsınız
almamışlar

ver-
vermemişim
vermemişsin
vermemiş
vermemişiz
vermemişsiniz
vermemişler

otur-
oturmamışım
oturmamışsın
oturmamış
oturmamışız
oturmamışsınız
oturmamışlar

gör-
görmemişim
görmemişsin
görmemiş
görmemişiz
görmemişsiniz
görmemişler

A. Örnekteki gibi yapın.
請依照範例練習。

Örnek: O sana inan_____ .

   O sana inanmamış.

1. Onlar beni anla_____ .

2. Sen hayvanlara yem ver_____ .

3. Babam şemsiyeyi al_____ .
   Islanacak.

4. Bu yıl (onlar) hiç tatil yap_____ .

5. Sınava çalış_____ , bu yüzden
   kazan_____ .

6. Duyduğuma göre sen doktorla
   konuş_____ .

7. Sınav notların çok kötü, demek ki
   derslerine hiç çalış_____ .

B. Tümceleri olumsuz yapın.
請改為否定句。

Örnek: İstanbul'a gitmişler.

   İstanbul'a gitmemişler.

1. Burkay proje ödevini yapmış.

   _____

2. Babamdan duydum, bu yıl havalar çok
   sıcak olmuş.

   _____

3. Eşim aradı, bu sabah İzmir'e kar yağmış.

   _____

4. Maalesef evlenme teklifini kabul etmiş.

   _____

5. Polis hırsıza inanmış.

   _____

🔍 Belirsiz Geçmiş Zaman Soru 傳說過去式疑問句

Eylem	Belirsiz geçmiş zaman eki	Soru eki	Kişi eki
al- ver- otur- gör-	-mış -miş -muş -müş	mı- mi- mu- mü-	Ben → -yım / -yim / -yum / -yüm Sen → -sın / -sin / -sun / -sün O → – Biz → -yız / -yiz / -yuz / -yüz Siz → -sınız / -siniz / -sunuz / -sünüz
			* Onlar → -mışlar / muşlar mı -mişler / müşler mi

☀ 傳說過去式第三人稱複數也如同現在式、未來式的情形一樣，人稱會加接在動詞時態後面，而非加在疑問詞後。例如：Onlar kitap okumuşlar mı?（正確），並非Onlar kitap okumuş mular?（錯誤）。

al-
almış mıyım?
almış mısın?
almış mı?
almış mıyız?
almış mısınız?
almışlar mı?

ver-
vermiş miyim?
vermiş misin?
vermiş mi?
vermiş miyiz?
vermiş misiniz?
vermişler mi?

otur-
oturmuş muyum?
oturmuş musun?
oturmuş mu?
oturmuş muyuz?
oturmuş musunuz?
oturmuşlar mı?

gör-
görmüş müyüm?
görmüş müsün?
görmüş mü?
görmüş müyüz?
görmüş müsünüz?
görmüşler mi?

A. Lütfen soru sorunuz.
請寫出問句。

1. _____?
   Dün gitmişler.

2. _____?
   Hayır, yemek henüz pişmemiş.

3. _____?
   Evet, sinemaya çok iyi filmler gelmiş.

4. _____?
   Evet, yolculuktan dönmüşler.

5. _____?
   Hayır, iyi kompozisyon yazmamışsın.

6. _____?
   Hayır, Ayşe Osman'la evlenmek istememiş.

B. Lütfen cevap veriniz.
請回答問題。

1. Çocuk yemeğini yemiş mi?
   Evet, _____.
   Hayır, _____.

2. Onlar ödevlerini yapmışlar mı?
   Evet, _____.
   Hayır, _____.

3. Ben Türkçeyi öğrenmiş miyim?
   Evet, _____.
   Hayır, _____.

4. Biz doğru yapmış mıyız?
   Evet, _____.
   Hayır, _____.

5. O evine gitmiş mi?
   Evet, _____.
   Hayır, _____.

6. Film bitmiş mi?
   Evet, _____.
   Hayır, _____.

C. Dinleyin, soruları yanıtlayın.
請聆聽音檔並回答問題。

Köpek ile Gölgesi　[MP3-02]

1. Köpek kasaptan ne çalmış ve sonra ne yapmış?

_____

2. Köpek eti neden suya düşürmüş?

_____

3. Köpek neden köprüye gitmiş?

_____

4. Köpek niçin havlamış?

_____

D. Okuyun, soruları yanıtlayın.　請閱讀並回答問題。

Bir Şehir Hikâyesi

Çok eskiden bir kadın varmış. Adı Raziye'ymiş. Kocası bir gün balığa çıkmış ve bir daha geri dönmemiş. Raziye her gün limana gelip orada oturmuş. Bütün gün kocasını beklemiş. Akşam olunca da orada fener yakmış. Böylece seneler geçmiş. Kadın yaşlanmış, ama kocası için fener yakmaya devam etmiş. Bu kadının adından dolayı bu yere Rize  demişler. Rizelilerden bazılarına göre Raziye balıkçılara yol göstermek için hâlâ fener yakıyormuş.

1. Niçin Raziye her gün limanda oturmuş?

_____

2. Akşam olunca Raziye ne yapmış?

_____

3. "Rize" adı nereden gelmiş?

_____

4. Siz bu hikâyeye inanıyor musunuz?

_____

Ad Cümlesinde Rivayet 名詞句的傳說過去式

Diyalog Pazar Alışverişi MP3-03

A : Dün pazara gittin mi?

B : Maalesef gitmedim. Komşum gitmiş. Dün pazarda ucuzluk varmış. Mesela elmanın kilosu 50 kuruşmuş. Sebzeler ve meyveler çok ucuzmuş, ama balık çok pahalıymış.

A : Niye pahalanmış? Geçen hafta ben aldım, o zaman çok ucuzdu.

B : Bilmiyorum, ama komşum balıkçılara sormuş. Balıkçıların söylediğine göre denizlerde balık kalmamış. Bilinçsiz avlanma, kaçak avlanma yüzünden denizlerdeki pek çok tür yok olmuş.

A : Desene artık balık yemek hayal olacak.

B : Umarım olmaz. Dün pazar yeri çok kalabalıkmış. Bu yüzden tüm tezgâhları dolaşmamış. İhtiyaçlarını almış ve çıkmış.

A : Peki balık almış mı?

B : Almamış. Dedim ya çok pahalıymış. Dışarıda balıkçıda yemek daha ucuzmuş.

A : Haftaya umarım ucuzlar. Haftaya pazar yapacağım.

B : Haftaya bayram nedeniyle pazar yeri kapalı olacakmış. Haberin yok mu?

A : Aaa! Unutmuşum.

A. Soruları cevaplayın. 請回答問題。

1. Pazarda fiyatlar nasılmış?

_____

2. Balık fiyatları neden pahalıymış?

_____

3. Pazar yeri neden kapalı olacakmış?

_____

ad / sıfat + (y) + mış (-miş / -muş / -müş) + kişi eki	
Siz gerçekten akıllı insan**mış**sınız. Ben küçükken çok yaramaz**mış**ım. Onlar güya öğretmenler**miş**.	Gökçe üniversitedeyken tembel bir öğrenci**ymiş**. Ali'nin ablası çocuk doktoru**ymuş**. Akşama kadar işte**ymiş**.

ad / sıfat　değil + miş + kişi eki		
Hava yağmurlu **değilmiş**. Yemek lezzetli **değilmiş**. Film güzel **değilmiş**.	Anneannem yaramaz **değilmiş**. Pazar kalabalık **değilmiş**. Siz mutlu **değilmiş**siniz.	Kemal ve Füsun evde **değiller**miş. Kitaplar pahalı **değilmiş**. Babam küçükken uslu **değilmiş**.

ad / sıfat + mı (-mi / -mu / -mü) + y + mış (-miş / -muş / -müş) + kişi		
Fatma evde **miymiş**? Çocuk aç **mıymış**? Ayhan meşgul **müymüş**?	Sınav zor **muymuş**? Bahadır evli **miymiş**? Onlar sabırlı(lar) **mıymış**?	O hasta **mıymış**? Dedem eskiden yakışıklı **mıymış**? Sen dikkatli **miymiş**sin?

名詞句的傳說過去式使用時機	
1. 聽說的過去事實	2. 聽說的目前事實
· Dedem gençken çok yakışıklı**ymış**. · Annemin dediğine göre küçükken uslu **değilmiş**im.	· Ali'yi ziyeret etmişsin. O iyi **miymiş**? · Dediğine göre Kaoshuing'da hava yağmurlu **değilmiş**.
3. 先前沒發現，現在才注意到	4. 存疑、甚至輕蔑
· Hava sıcak sandım ve ince giyindim, ama çok soğuk**muş**. · Kusura bakma! Seni öğrenci sandım. Meğer meslektaş**mış**ız.	· Gün boyunca boş geziyor; güya başarılı bir iş adamı**ymış**. · Herkes onun yaşadıklarına acıyor ve para bağışlıyordu; meğer yalancı biri**ymiş**.

A. Lütfen cevap veriniz. 請回答問題。

1. Ayşe güzel miymiş?

　　Evet, _____ .

　　Hayır, _____ .

2. Otobüs kalabalık mıymış?

　　Evet, _____ .

　　Hayır, _____ .

3. Onlar İngilizler miymişler?

　　Evet, _____ .

　　Hayır, _____ .

4. Askerler cesaretliler miymiş?

　　Evet, _____ .

　　Hayır, _____ .

5. O yakışıklı mıymış?

　　Evet, _____ .

　　Hayır, _____ .

6. Fatma bekâr mıymış?

　　Evet, _____ .

　　Hayır, _____ .

B. Dinleyin, soruları yanıtlayın.

請聆聽音檔並回答問題。 MP3-04

Gül ile Yağmur

1. Gül ve Yağmur niçin alışverişe çıkmışlar?

_____

2. Alışveriş merkezine neyle gitmişler?

_____

3. Gül, cep telefonunu niye kapatmış?

_____

4. Yaşlı kadın, Yağmur'a niçin teşekkür etmiş?

_____

C. Aktivite : Arkadaşınızla konuşun, pratik yapın.

課堂活動：請與同學進行對話練習。

Manavda

Satıcı : Ooo, Canan kızım hoş geldin. Bugün ne alacaksın?

Canan : Hoş bulduk. Gülşen abla, kirazın kilosu ne kadar?

Satıcı : Kilosu 12 lira. Ne kadar almak istiyorsun?

Canan : Çok pahalı. Peki, elmanın kilosu ne kadar?

Satıcı : 2.5 lira. Bunlar yeni geldi, taptaze ve tatlı.

Canan : Bir kilo istiyorum. Buyurun, 2.5 lira.

Satıcı : Bereket versin. Yine beklerim.

Evde

Anne : Aaa hayatım pazara mı gittin? Ne aldın?

Canan : Elma aldım, çok tatlıymış. Tadına bak.

Anne : Niye kiraz almadın? Kiraz sevmiyor musun?

Canan : Kirazın kilosu 12 liraymış, çok pahalıydı, vazgeçtim.

Anne : Komşumuzun dediğine göre Migros'ta pek çok üründe indirim varmış. Yarın oraya gidelim.

Canan : Tamam, anneciğim.

🔍 Şimdiki Zamanın Rivayeti (-yormuş)　現在 - 傳說過去複合時態

Diyalog　İzmir Hakkında　MP3-05

Aysu　：　Merak ediyorum, İzmir eskiden nasılmış acaba?

Kemal ：　Bana dedem anlatmıştı. Eskiden İzmir çok küçükmüş. Alsancak ve Kadifekale en kalabalık yerleşim yerleriymiş. İnsanlar gezmek için Kadifekale'ye çıkıyorlarmış. Oraya gitmeden önce en güzel elbiselerini giyiyorlarmış. Erkekler kravatlarını takmadan Kadifekale'ye çıkmıyorlarmış. Oraya gidip yemek yiyorlarmış. Tüm İzmir'i seyrediyorlarmış.

Aysu　：　Aaa, şimdi kimse gezmek için oraya gitmiyor!

Kemal ：　Evet, eskiden deniz de çok temizmiş. Konak'tan denize giriyorlarmış. Deniz kenarında yol yokmuş. Alsancak'taki Kültür Park'ta çok az ağaç varmış. Sonradan oraya ağaç dikmişler. Orada her yıl uluslararası fuarlar yapılmaya başlanmış. Tüm İzmirliler fuara gidip eğleniyorlarmış. Hatta bütün bir yıl bu fuarı bekliyorlarmış.

Aysu　：　Şimdi o fuar o kadar kalabalık olmuyormuş.

Kemal ：　Evet, maalesef öyle. Eskiden evler bir veya iki katlı ve bahçeliymiş. Yaz akşamları kızlar kadınlar sokak aralarında bahçelere, sokaklara çıkıp evlerin sıcağından kaçıyorlarmış. Hatta bir şair "İzmir'in sokakları kız, kızları da deniz kokar." demiş.

A. Soruları yanıtlayın.　請回答問題。

1. Eskiden İzmir nasılmış? _____

2. İnsanlar gezmek için nerelere gidiyorlarmış? _____

3. Deniz nasılmış? _____

4. İzmir'in evleri nasılmış? _____

5. Şair, İzmir için ne demiş? _____

☼ 我們使用「現在 - 傳說過去複合時態」表達以下語意：(1)我們聽說了某人某段時間進行的動作，再轉述給別人，例如：Babam üniversitedeyken her gün saat 6'da kalkıyormuş.，也包括我們從長輩口中聽到的自己童年時期的習慣，例如：Bebekken herkese gülüyormuşum, dolayısıyla herkes beni kucağına almayı çok seviyormuş. (2)某人提到目前進行中或即將發生的動作，我們再轉述給其他人。例如：Ayşe şu anda spor yapıyormuş.，又如：Annemin dediğine göre dayım yarın Almanya'dan dönüyormuş.

Eylem	Şimdiki zaman eki	Rivayet eki	Kişi eki		
al- ver- oku- gör-	a - ı → -ıyor- e - i → -iyor- o - u → -uyor- ö - ü → -üyor-	-muş-	Ben → -um Biz → -uz Sen → -sun Siz → -sunuz O → −		
	Onlar → -ı / i / u / üyorlarmış -ı / i / u / üyormuşlar				

A. Örnekteki gibi yapın. 請依照範例練習。

Örnek: Gürültü yapmayalım. Bebek uyu_____ .

   Gürültü yapmayalım. Bebek uyuyormuş.

1. Osman sinemaya gelmeyecekmiş. Şimdi ders çalış_____ .

2. Haydi acele edelim, bizi durakta bekle_____ .

3. Şu anda çok üzgünmüş, ağla_____ .

4. Duyduğuma göre sen hiç ders çalış_____ .

5. Şimdi marketteymiş, alışveriş yap_____ .

6. Biraz önce telefonda kızımla konuştum. İzmir'e kar yağ_____ .

B. Tamamlayın. 請完成句子。

Örnek: Sinan şimdi kütüphanede ders_____ .

   Sinan şimdi kütüphanede ders çalışıyormuş.

1. Cansu her sabah bir saat yürüyüş yap_____ .

2. Babasından duydum, İpek akşamları geç yat_____ .

3. Ali odasında müzik dinle_____ .

4. Çabuk olalım, çünkü otobüs gel_____ .

C. Soruları arkadaşınıza sorun. 請詢問同學以下問題。

1. Senin annen şimdi ne yapıyormuş?_____

2. Senin baban gençken nerede yaşıyormuş?_____

3. Onun kardeşi ne zaman geliyormuş?_____

4. En yakın arkadaşın şimdi ne yapıyormuş?_____

5. Annesi ne iş yapıyormuş?_____

6. Kim ağlıyormuş?_____

7. Büyükbaban hangi gazeteleri okuyormuş?_____

🔍 Gelecek Zamanın Rivayeti (-(y)acakmış, -(y)ecekmiş) 未來 - 傳說過去複合時態

Diyalog Hava Değişiklikleri ᴹᴾ³⁻⁰⁶

A : Bugün hava ne kadar güzel, değil mi?

B : Evet, çok güzel. Ama havalar böyle güzel devam etmeyecekmiş.

A : Neden?

B : Çarşambadan sonra havalar soğuyacakmış.

A : Kim söyledi?

B : Haberlerden dinledim. Sıcaklıklar 8 derece falan azalacakmış.

A : Yağmur olacak mıymış?

B : Evet, rüzgârla beraber bazı bölgelerde yağmur da yağacakmış.

A : Soğuk havalar kaç gün sürecekmiş?

B : Haber sunucusunun söylediğine göre bir hafta sürecekmiş. Sonra sıcak havalar gelecekmiş.

A : Son zamanlarda havalar çok değişti. Farkında mısın?

B : Evet, bilim adamlarının söylediğine göre doğanın dengesini bozmuşuz. Bu yüzden hava değişiklikleri devam edecekmiş, mesela aşırı sıcaklar, seller, aşırı kuraklık olacakmış. Herkesin çevresine dikkat etmesi, önem vermesi gerekiyormuş.

A : Haklılar. Ben de bir belgesel film izlemiştim. Antarktika kıtası hakkında. Orada da buzullar hızla eriyormuş.

A. Diyaloğa göre neler olacakmış?

根據對話，未來將會發生哪些事？

Örnek: Havalar soğuyacakmış.

_____

_____

_____

_____

B. Gelecekle ilgili sizin öngörüleriniz neler? Yazın.

請寫出您對未來的預見。

_____

_____

_____

_____

☀ 我們使用「未來 - 傳說過去複合時態」表達以下語意：(1)聽別人轉述某人未來打算做的事情，例如：Babam gelecek ay Amerika'ya gidecekmiş.，也可以用來表達被他人告知或提醒未來將要做的事，例如：Öğretmenimizin dediğine göre yarın ödevlerimizi getirecekmişiz. (2)聽他人提到某人原本打算做而後來未能做到的事情，例如：Ahmet bize gelecekmiş, aniden işi çıkmış bu yüzden gelememiş.

Eylem	Gelecek zaman eki	Rivayet eki	Kişi eki	
al- oku- ver- gör-	-(y)acak- -(y)ecek-	-mış- -miş-	Ben → -ım / -im Biz → -ız / -iz Sen → -sın / -sin Siz → -sınız / -siniz O → –	
	Onlar → -(y)acaklarmış / -(y)acakmışlar -(y)eceklermiş / -(y)ecekmişler			

A. Örnekteki gibi yapın. 請依照範例練習。

Örnek: Gelecek yıl beş öğrenci Türkiye'de oku_____ .

    Gelecek yıl beş öğrenci Türkiye'de okuyacakmış.

1. Biz yarın birleşik zamanlar konusunu öğren_____ .
2. Türkiye gelecekte Avrupa'nın en güçlü altıncı ekonomisi ol_____ .
3. Kızım akşam yedide arkadaşlarıyla sinemaya git_____ .
4. Biz 25. sayfadan 35. sayfaya kadar çalış_____ .
5. Canan söyledi. Yarın saat onda toplantı ol_____ .
6. Müdür söyledi, randevuya ben de git_____ .

B. Soruları arkadaşınıza sorun. 請詢問同學以下問題。

1. Randevuya, kim gidecekmiş? _____
2. Randevuya, ne zaman gidecekmiş? _____
3. Randevuya, kiminle gidecekmiş? _____
4. Randevuya, neyle gidecekmiş? _____
5. Randevu, nerede olacakmış? _____
6. Randevu kaç saat sürecekmiş? _____
7. Randevunun konusu ne olacakmış? _____

C. Uygun eylemleri seçip cümleleri tamamlayın.

請選出適當的動詞完成句子。

başlamak   gitmek   evlenmek   vermek   dönmek   yapmak   içmek

Örnek: Yazın öğrenciler tatil için Türkiye'ye gideceklermiş.

1. Bana sonra haber _____ .
2. Amerika'da yüksek lisans _____ .
3. Hastalanmış, artık sigara _____ .
4. Seneye sevgilisiyle _____ .
5. Şebnem'in tatili haftaya _____ ve memleketine _____ .

🔍 Aliştirmalar 練習

Ahmet'in Heyecanı

Ali : Hayırdır Ahmet, çok heyecanlıymışsın. Bir şey mi var?
Ahmet : Evet arkadaşım, yarın benim için çok önemli bir gün olacak.
Ali : Niçin!?
Ahmet : Yarın önemli bir iş görüşmem var.
Ali : Peki, hazırlandın mı?
Ahmet : Hayır, daha değil, ama bu gece çok geç yatmayacağım. İyice dinleneceğim. Akşamdan gömleğimi ve pantolonumu ütüleyeceğim. Sabahleyin erken kalkacağım. Çok güzel bir kahvaltı yapacağım, duş alacağım ve evden çıkacağım. İş başvurusu için randevu yerine zamanından beş on dakika önce gideceğim. Bu nedenle çok heyecanlıyım.

A. Yukarıdaki diyaloğu gelecek zamanın rivayeti şeklinde yeniden yazın. 請將以上對話改寫成未來 - 傳說過去的型態。

Yarın Ahmet için çok önemli bir gün olacakmış. _____

_____

_____

_____

_____

_____

B. Tamamlayın. 請完成以下句子。

1. İşittiğime göre _____

_____ .

2. Arkadaşımın söylediğine göre _____

_____ .

3. Gazeteden okuduğuma göre _____

_____ .

4. Televizyondan duyduğuma göre _____

_____ .

5. Annemin anlattıklarına göre _____

_____ .

C. Cümleleri rivayete çevirin. 請改成傳說過去式。

Mehmet memurdu. O gün işe gidecekti ama çok hastaydı, bu yüzden işe gidemedi. Telefonla iş yerini aradı ve müdüründen izin aldı. Tekrar yatağına yattı. Birkaç saat uyuduktan sonra kalktı. İlacını aldı. Bolca terledi. Kendisini daha iyi hissetti.

Mehmet memurmuş. _____

_____

_____

_____

_____

Hatırlayalım 回顧

A. Soruları yanıtlayın.
請回答問題。

1. Kim alışverişe gidecekmiş?
_____

2. Ne zaman geleceklermiş?
_____

3. Yarın ne yapacaklarmış?
_____

4. Ne zamana kadar bekleyeceklermiş?
_____

5. Niçin gelmeyecekmiş?
_____

6. Kiminle buluşacakmış?
_____

B. Soruları bulun. 請寫出問句。

1. _____?
"Düğün Dernek" filmine gideceklermiş.

2. _____?
Evde yemek yiyeceklermiş.

3. _____?
Tatile kardeşiyle çıkacakmış.

4. _____?
Film saat 19.30'da başlayacakmış.

5. _____?
Durakta seni bekleyecekmiş.

6. _____?
Polisiye romanı okuyacakmış.

C. Örnekteki gibi tamamlayın.
請依照例句完成句子。

Örnek: Yarın alışverişe çıkacaklarmış.

Gelecek hafta _____.

Biraz sonra _____.

Üç gün sonra _____.

Sonra _____.

Daha sonra _____.

Seneye _____.

D. Soruları yanıtlayın.
請回答問題。

1. Kimi seviyormuş?
_____

2. Neyle gidiyormuş?
_____

3. Kiminle evleniyormuş?
_____

4. Nasıl gidiyormuş?
_____

5. Niçin almıyormuş?
_____

6. Niçin çalışmıyormuş?
_____

E. Soruları yanıtlayın.
請回答問題。

1. Yemek pişmiş mi?
Evet, _____.
Hayır, _____.

2. Onlar barışmışlar mı?
Evet, _____.
Hayır, _____.

3. O evlenmiş mi?
Evet, _____.
Hayır, _____.

4. Onlar tatile gitmişler mi?
Evet, _____.
Hayır, _____.

F. Soruları yanıtlayın.
請回答問題。

1. Ben uslu muymuşum?
Evet, _____.
Hayır, _____.

2. Siz hasta mıymışsınız?
Evet, _____.
Hayır, _____.

3. Ev bahçeli miymiş?
Evet, _____.
Hayır, _____.

NOTE

NE ARZU
EDERSİNİZ?
您想要點什麼餐？

2 NE ARZU EDERSİNİZ?

Diyalog Lokantada MP3-07

Garson : Buyurun efendim, hoş geldiniz! Kaç kişisiniz acaba?

Müşteri : Hoş bulduk. Yalnızım.

Garson : Şöyle buyurun, efendim. Ne arzu edersiniz?

Müşteri : Sabahtan beri hiçbir şey yemedim. Çok acıktım. Çorbanız var mı?

Garson : Var, efendim. Mercimek çorbası, domates çorbası ve yayla çorbası var. Hangisini istersiniz?

Müşteri : Mercimek çorbası getirir misiniz?

Garson : Derhal efendim.

Müşteri : Ah, bir de çorba için limon ve pul biber getirir misiniz?

Garson   Tabii efendim. Hemen!

Müşteri : Garson bey, bakar mısınız? Ana yemeklerden ne önerirsiniz?

Garson   Tereyağlı İskender kebabı, Adana kebabı, köfte ve çeşitli pidelerimiz çok sevilir; tavsiye ederim.

Müşteri : Tereyağlı İskender kebabı lütfen.

Garson   Bir porsiyon mu, bir buçuk porsiyon mu olsun?

Müşteri : Bir buçuk porsiyon olsun.

Garson   Başüstüne efendim. İçecek olarak ne alırsınız? Kola, ayran…?

Müşteri : Bir ayran lütfen.

Garson   Buyurun efendim tereyağlı İskender kebabınız ve ayranınız. Afiyet olsun!

Müşteri : Teşekkür ederim. Ama masada peçete kalmamış. Bir peçete ile ayran için temiz bardak veya pipet getirebilir misiniz?

Garson   Derhal efendim. Başka bir arzunuz var mı?

Müşteri : Tatlılardan ne yiyebilirim?

Garson   Taze baklavamız var.

Müşteri : Tamam. Yemek bitince bir porsiyon baklava getirir misiniz?

Garson   Tabii efendim.

Müşteri : Garson bey, bakar mısınız? Hesap lütfen.

Garson   Hesabı kasaya ödeyeceksiniz. Afiyet olsun, yine bekleriz.

Müşteri : Teşekkür ederim. Elinize sağlık.

A. Okuyun, soruları yanıtlayın. 請閱讀並回答問題。

İyi İnsanlar İyi Atlar

Gezgin, bir yöreye gelir ve etrafına bakınır, gördüğü manzara karşısında büyülenir. Her taraf yemyeşildir, çayırlarda taylar anneleriyle mutlu bir şekilde oyunlar oynarlar ve insanları da misafirperver mi misafirperverdir. Defterine şu notu düşer: Bu yörede çok iyi insanlar ve çok iyi atlar var. Aradan yıllar geçer, gezginin yolu tekrar o yöreye düşer. Önceki manzardan eser kalmamıştır. İnsanlar bencil mi bencil, atlar uyuz mu uyuz, yeşillikler bozkıra dönüşmüş. Çok şaşırır ve oradaki yaşlı bir adama sorar. Burada çok iyi insanlar ve atlar vardı, ne oldu onlara? Yaşlı adam cevap verir: "O iyi insanlar iyi atlara bindiler ve çekip gittiler."

1. Gezgin hangi manzarayı görür?

_____

2. Yörenin insanları nasıldır?

_____

3. Gezgin neden şaşırır?

_____

4. Yaşlı adam ne cevap verir?

_____

🔍 Geniş Zaman -r (-ar, -er, -ır, -ir, -ur, -ür) 寬廣式

動詞字根以母音結尾	Geniş zaman eki	Kişi eki
anla-, yıka-, de-, ye-, dinle-, iste-, oku-, uyu-, yürü-	-r	Ben → -ım / -im / -um / -üm Sen → -sın / -sin / -sun / -sün O → — Biz → -ız / -iz / -uz / -üz Siz → -sınız / -siniz / -sunuz / -sünüz Onlar → -lar / -ler
子音結尾的單音節動詞	Geniş zaman eki	
aç-, kız-, koş-, et-, bin-, öp-, um-, üz-	-ar -er	
子音結尾的兩個以上音節的動詞	Geniş zaman eki	
çıkar-, satıl-, göster-, bitir- yorul-, üzül-	-ır -ir -ur -ür	

uyu-　　　**koş-**　　　**üzül-**

uyu-	koş-	üzül-
uyurum	koşarım	üzülürüm
uyursun	koşarsın	üzülürsün
uyur	koşar	üzülür
uyuruz	koşarız	üzülürüz
uyursunuz	koşarsınız	üzülürsünüz
uyurlar	koşarlar	üzülürler

⚠ 例外：以下十三個子音結尾的
單音節動詞，與-ır, -ir, -ur, -ür連用

al-ır	bil-ir	bul-ur	gör-ür
kal-ır	gel-ir	dur-ur	öl-ür
san-ır	ver-ir	ol-ur	
var-ır		vur-ur	

寬廣式使用時機	
1. 隨時在做的事情；長期的習慣	2. 以問句表示邀請、提議及請求
Her zaman kahvaltıyla beraber çay içeriz. Her kış tatile giderim. Her gün spor yapar.	Bu akşam benimle sinemaya gelir misin? Benimle dans eder misin? Lütfen pencereyi kapatır mısınız?
3. 表達猜測	4. 警告意味
Belki yarın yağmur yağar. Belki Ali bize gelir. Belki bu sınavı geçerim.	Dikkat et, düşersin. Elinle ütüye dokunma, yanarsın.
5. 常態、真理	6. 如同傳說過去式般可用來敘述故事
Güneş doğudan doğar, batıdan batar. İnsan doğar, büyür ve ölür.	Adamın biri dükkana girer, satıcıya yaklaşır. Prenses ayakkabılarını giyer, sarayın bahçesine çıkar, yakışıklı bir gençle karşılaşır.

A. Örnekteki gibi yapın.

請依照範例練習。

Örnek: Hafta sonları geç uyan_____.

Hafta sonları geç uyanırım.

1. Ben işe gitmeden önce kahve iç_____ .

2. Kışın kar yağ_____ .

3. Bütün canlılar nefes al_____ .

4. Anneannem her gece saat 10'da yat_____ .

5. Mustafa her zaman sağlığına dikkat et____ .

6. Biz her cuma akşamı sinemaya git_____ .

7. Ben geç kal_____ çünkü yolda trafik var.

B. Örnekteki gibi yapın.

請依照範例練習。

Örnek: her / yaz / İstanbul / gitmek / onlar

Onlar her yaz İstanbul'a giderler.

1. alışveriş / Ebru / sevmek / çok

_____

2. resim yapmak / öğrenciler / ders

_____

3. okumak / baba / masal / her akşam / bana

_____

4. öğle / kardeşim / uyumak / sonra

_____

5. gazete / ben / okumak / sabah / her

_____

C. Soruları yanıtlayın.

請回答問題。

1. Genellikle kiminle dışarı çıkarsın?

_____

2. Hafta sonları saat kaçta uyanırsın?

_____

3. Hangi hayvanları seversin?

_____

4. Kahvaltıda ne yersin?

_____

5. Günde kaç saat çalışırsın?

_____

6. Tatil için nereye gidersin?

_____

7. Akşam yemeğinden sonra ne yaparsın?

_____

8. Her sabah neyle okula gelirsin?

_____

D. Aşağıdaki sozcüklerle cümleleri tamamlayın.

請用以下詞彙造句。

Her akşam	_____
Sık sık	_____
Genellikle	_____
Zaman zaman	_____
Bazen	_____
Ara sıra	_____
Her akşam	_____
Her Salı	_____
Sabahları	_____
Ayda bir defa	_____
Yılda bir defa	_____
Günde iki kez	_____
Nadiren	_____

🔍 Geniş Zaman Olumsuz (-maz, -mez) 寬廣式否定句

Eylem	Geniş zaman olumsuzluk eki	Kişi eki
ağla-, çalış-, koy-, unut- bekle-, iç-, gör-, düşün-	-maz- -mez-	Sen → -sın / -sin O → – Siz → -sınız / -siniz Onlar → -lar / -ler
	-ma- -me-	Ben → -m Biz → -yız / -yiz

ağla-	koy-	iç-	düşün-
ağlamam	koymam	içmem	düşünmem
ağlamazsın	koymazsın	içmezsin	düşünmezsin
ağlamaz	koymaz	içmez	düşünmez
ağlamayız	koymayız	içmeyiz	düşünmeyiz
ağlamazsınız	koymazsınız	içmezsiniz	düşünmezsiniz
ağlamazlar	koymazlar	içmezler	düşünmezler

A. Örnekteki gibi yapın.

請依照範例練習。

Örnek: Ben İngilizce bil_____.

    Ben İngilizce bilmem.

1. Ahmet asla sigara iç_____ .

2. Biz kesinlikle oraya git_____ .

3. Siz bana inan_____ .

4. Kahramanlar öl_____ .

5. Hakan akşamları dışarı çık_____ .

6. Uçağa bin_____, çünkü uçaktan korkuyor.

B. Tümceleri olumsuz yapın.

請將句子改寫成否定句。

Örnek: Ayhan sütlü çay içer.

    Ayhan sütlü çay içmez.

1. Benim öğrencilerim derste yaramazlık yaparlar.

_____

2. Yemekten sonra duş alırız.

_____

3. Onlar kütüphanede ders çalışırlar.

_____

4. Polisiye filmleri izlemeyi seversin.

_____

● Aşağıdaki sözcüklerle atasözleri tamamlayın. 請用以下詞語完成諺語填空。

kesilmek
onulmak
istemek
tutmak
olmak
kaynamak

1. Akarsu pislik _____ .

2. Can çıkmadan ümit _____ .

3. Dağ dumansız, insan hatasız _____ .

4. Doğru söz yemin _____ .

5. El kazanı ile aş _____ .

6. El yarası _____ , dil yarası _____ .

C. Eşleştirin. 請配對。

A. Burada park yapılmaz. B. Lokantaya köpekle girilmez. C. Yüksek sesle konuşulmaz.

D. Burada sigara içilmez. E. Çimlere basılmaz. F. Sağa dönülmez.

G. Burada yenilmez ve içilmez. H. Burada fotoğraf çekilmez.

I. Cep telefonu kullanılmaz. J. Kamyon giremez. K. Yayalar giremez.

L. Bisikletle girilmez.

D. Örnekteki gibi yapın. 請依照範例練習。

Örnek: Sağa dönmek. → Sağa dönmeyin(iz) → Sağa dönmek yasaktır. /
      Sağa dönülmez.

1. Çöp atmak   → _____

2. Park yapmak   → _____

3. Köpekle girmek → _____

4. Sigara içmek   → _____

🔍 Geniş Zaman Soru 寬廣式疑問句

Eylem	Geniş zaman eki (Olumlu)	Soru eki	Kişi eki	
başla- temizle- ara- git- yaz- konuş-	-r -ar / -er -ır / -ir / -ur / -ür	mı mi mu mü	Ben → -yım / -yim / -yum / -yüm Sen → -sın / -sin / -sun / -sün O → – Biz → -yız / -yiz / -yuz / -yüz Siz → -sınız / -siniz / -sunuz / -sünüz	
	Geniş zaman eki (Olumsuz)			
	-maz / -mez		Onlar → -lar / -ler	mı / mi

A. Soruları yanıtlayın.

請回答問題。

1. Sık sık tatile çıkar mısınız?

   Evet, _____ .

   Hayır, _____ .

2. Bazen sinemaya gider misin?

   Evet, _____ .

   Hayır, _____ .

3. Yazları tatile gider misin?

   Evet, _____ .

   Hayır, _____ .

4. O evde yemek yapar mı?

   Evet, _____ .

   Hayır, _____ .

5. Her zaman kitap okur mu?

   Evet, _____ .

   Hayır, _____ .

B. Soruları yazın. 請寫出問句。

1. _____?

   Genellikle yemeği ben yaparım.

2. _____?

   Genellikle sinemaya giderim.

3. _____?

   Hayır, erken uyumam.

4. _____?

   Evet, haftada bir kez tiyatroya giderim.

5. _____?

   Hayır, geceleri sokağa çıkmam.

C. Cümleleri tamamlayın.

請完成句子。

1. Sen her zaman çok konuş_____ _____?

2. Sizce yarın yağmur yağ_____ _____?

3. Hiç yalan söyle_____ _____?

4. Hiçbir şeyden kork_____ _____?

5. Lütfen şu pencereyi aç_____ _____?

D. Örnekteki gibi yapın.

請依照範例練習。

Örnek: Tuz verin.

     Tuz verir misiniz?

1. Bana yardım et.

_____?

2. Pazardan sebze alın.

_____?

3. Ofisime gel.

_____?

4. Eşyalarını yere koy.

_____?

5. Bu gece bizde kalınız.

_____?

6. Hakan, bize iki çay getir.

_____?

7. Yarın saat altıda bana mesaj at.

_____?

8. Oğlum, telefona bak.

_____?

E. Eşleştirin. 請配對。

1. İnsanlar ( )

2. Kışın kar ( )

3. Bütün canlılar nefes ( )

4. Yazın Tayvan'ın etrafında çok tayfun ( )

5. Hayvanlar ses çıkarır ama ( )

6. Gökkuşağında yedi renk ( )

A. bulunur.

B. yağar.

C. büyür ve ölür.

D. konuşmaz.

E. alır.

F. olur.

🔍 Geniş Zamanın Hikâyesi (-()rdı, -()rdi, -()rdu, -()rdü) (-mazdı, -mezdi) 寬廣 - 確實過去複合時態

Diyalog　Çocukluk Hatıraları　`MP3-08`

Deniz　: Özgür, bana çocukluğunu anlatsana. Çocukluğun nasıldı?

Özgür　: Çok güzel bir çocukluk geçirdim. 12 yaşına kadar köyde yaşadım. Daha sonra okumak için şehre geldik. Ama hâlâ çocukluğumu dün gibi hatırlıyorum.

Deniz　: Köy hayatı nasıldı?

Özgür　: İnanır mısın? Harikaydı. Hiç unutmam, köyümün önünden bir küçük çay akardı. Her kış çok kar yağardı ve çay buz tutardı. Bütün arkadaşlarımla buzda saatlerce kayardık. Yazları çayda yüzerdik. Yüzmeyi ben orada öğrendim.

Deniz　: Başka neler yapardın?

Özgür　: Köyde köpeğimiz ve hayvanlarımız vardı. Bir tane atımız vardı. Ata binerdim, sık sık attan düşerdim, ama binmekten vazgeçmedim.

Deniz　: Köyde hangi oyunları oynardın? Hatırlıyor musun?

Özgür　: Hatırlamaz mıyım? Arkadaşlarla saklambaç oynardık, beş taş oynardık, bilye oynardık, daha pek çok köy oyunu oynardık. Oyunlarda zaman zaman kavga ederdik. Annelerimiz babalarımız bize kızardı. Ertesi gün tekrar barışır, oyunları oynamaya devam ederdik. Senin çocukluğun nerede geçti? Sen çocukluğunu hatırlıyor musun?

Deniz　: Ben şehirde doğdum, şehirde büyüdüm. Benim de bir sürü oyuncaklarım oldu. Ben de sık sık parklara giderdim ve salıncaklara binerdim. Kaydıraklardan kayardım. Mahallemizde bir tane parkımız vardı ve mahallenin tüm çocukları o parka giderdi. Anneler babalar da bizi yanlız bırakmazlardı. Hep kontrol altındaydık.

Özgür　: Neden?

Deniz　: Neden olacak? Güvenliğimiz için.

A. Soruları yanıtlayın.　請回答問題。

1. Özgür'ün çocukluğu nasıl geçti?

_____

2. Özgür çocukken hangi oyunları oynardı?

_____

3. Deniz çocukluğunu nerede geçerdi ve neler yapardı?

_____

4. Özgür'ün arkadaşları çocukken ne yapardı?

_____

☀ 我們透過寬廣 - 確實過去複合時態表達過去某段期間的習慣（但目前已無此習慣），或是相較於以往情況已有不同。Eskiden çok film izle**rdi**m. 又如 Çocukken şaka yap**mazdı** ve hiç gül**mezdi**.

Eylem	Geniş zaman hikâye eki		Kişi eki	
bekle- inan- git- uyu- sev-	-r -ar / -er -ır / -ir / -ur / -ür	-dı / -di / -du / -dü	Ben → -m Sen → -n O → – Biz → -k Siz → -nız / -niz / -nuz / -nüz	
	-maz / -mez			
			Onlar → -lar / -ler	-dı / -di / -du / -dü

A. Örnekteki gibi yapın. 請依照範例練習。

Örnek: O her akşam sütünü içip yat_____ .

O her akşam sütünü içip yatardı.

1. Eskiden güvercinleri haberleşme aracı olarak kullan_____ .

2. Deterjan yokken temizlik için kil kullan_____ .

3. Eskiden insanlar "Dünya yuvarlak" diye bil_____ .

4. İlk insanlar mağaralarda barın_____ .

5. Eskiden cep telefonu yokken birbirmizle daha çok konuş_____ .

B. Soruları yazın. 請寫出問句。

1. _____?

Evet, ben sık sık gölde yüzerdim.

2. _____?

Evet, ilkokuldayken öğretmenimi çok severdim.

3. _____?

Evet, bisikletim geceleri rüyalarıma girerdi.

4. _____?

Hayır, inanmazdım.

5. _____?

Evet, ayda bir giderdim.

6. _____?

Hayır, hemen uyumazdım.

C. Sorulara cevap verin. 請回答問題。

1. Yurt dışındayken yemeği kim pişirirdi?

_____

2. Ne zaman kitap okurdun?

_____

3. Tatilde nereye giderdin?

_____

4. En çok kimden korkardın?

_____

5. Kime güvenirdin?

_____

6. Pazardan neler alırdın?

_____

🔍 Geniş Zamanın Rivayeti (-()rmış, -()rmiş, -()rmuş, -()rmüş) (-mazmış, -mezmiş) 寬廣・傳說過去複合時態

Diyalog　Ünlülerin Günlük Yaşamları　MP3-09

Cemal : Son zamanlarda neler yapıyorsun?

Sezen : Bugünlerde otobiyografik kitaplara merak saldım. Ünlü insanların günlük yaşamlarını okuyorum.

Cemal : Kimleri okudun? İlginç olanlar var mı?

Sezen : Olmaz mı? Mesela Napolyon her akşam 10'da uyurmuş, gece saat 2'de kalkarmış, sabah saat 5'e kadar çalışırmış.

Cemal : Eee, bu hayatın neresi ilginç, senin benim gibi bir hayat?

Sezen : Peki, bir aşk romanı da yazdığını biliyor muydun?

Cemal : Öyle mi? Hiç bilmiyordum. Gerçekten ilginçmiş. Başka kimler var?

Sezen : Einstein sigara ve pipo içermiş ve doktorun yasaklamasına rağmen bu alışkanlığından vazgeçmemiş.

Cemal : Normal bizim gibi hayatmış. Bunun ilginç tarafı yok ki!

Sezen : Adam ölümünün ardından gömülmek istemiyormuş. Bu isteği üzerine bedeni yakılmış ve külleri bilinmeyen bir yere savrulmuş.

Cemal : Bak bu ilginçti.

Sezen : Bir de Marilyn Monroe var. Aslında onunla birlikte çalışması zormuş. Sürekli setlere geç kalıyormuş ya da hiç gitmiyormuş. Repliklerini unutuyormuş, performansı onu tatmin edene kadar tekrar çekimler istiyormuş.

Cemal : Vay canına.

Sezen : Biraz daha ilginç birini öğrenmek istersen Pablo Picasso var. Picasso'nun bir köpeği, üç siyah kedisi ve bir maymunu varmış. Geç yatarmış ve geç kalkarmış. Bazen çok sosyal bazen ise asosyal olurmuş. Konuşmayı hiç sevmezmiş. Sebze ve meyve yer, süt ve soda içermiş.

Cemal : Aslında ünlü kişiler ile diğer insanların günlük yaşamları arasında pek fark yokmuş.

Sezen : Olur mu? Asıl farklılık küçük detaylarda gizlidir. Sen detaylara bak.

A. Neler yaparmışlar? Doldurun.　他們曾經做過些什麼事？請填空。

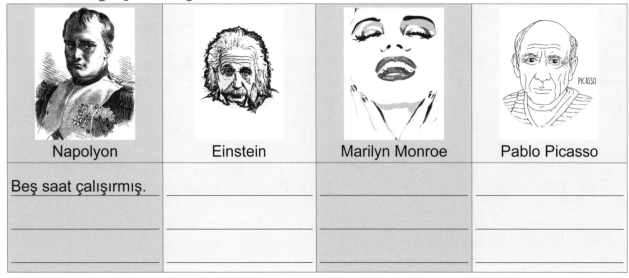

Napolyon	Einstein	Marilyn Monroe	Pablo Picasso
Beş saat çalışırmış.			

☀ 我們使用寬廣式-傳說過去複合時態表達以下語意：(1)聽來的某人曾有的習慣，但不知該習慣目前是否仍然持續，例如：Duyduğuma göre sen hiç kopya çek**mezmiş**sin. 這也包括我們可能遺忘了、被告知的、自己過去的習慣，例如：Küçükken hep yalnız kal**ırmış**ım, başka çocuklarla pek oyna**mazmış**ım. (2)聽他人轉述某人目前（長期）的習慣或事實，例如：Ali her yaz Bodrum'da tatil yap**armış**.

Eylem	Geniş zaman rivayet eki		Kişi eki
çalış- uyan- yat- ye- çık-	-r -ar / -er -ır / -ir / -ur / -ür	-mış -miş -muş -müş	- ım / -im / -um / -üm - sın / -sin / -sun / -sün - - ız / -iz / -uz / -üz - sınız / -siniz / -sunuz / -sünüz - lar / -ler
	-maz / -mez		

A. Dinleyin, tümceleri tamamlayın. 請聆聽音檔並填空。

Uçan Balon Oyunu `MP3-10`

> anlatırlarmış / beklerlermiş / buluşuyorlarmış / çekerlermiş / dinlenirlermiş / dinlerlermiş /
> gerinirlermiş / gezerlermiş / gidermiş / giyinirlermiş /
> merak ederlermiş / nefes alırlarmış / toplarlarmış / uyanırlarmış / yükselirlermiş

Uçan balonlar yılda bir gün buluşup hep beraber

_____ . Buluşmadan önceki gece bütün

balonlar bir güzel _____ . Sabah saatin

sesiyle _____ ve uzun uzun

_____ . Sonra camı açarak dışarıdaki güzel

havayı ciğerlerine _____ . Daha sonra hemen

_____ ve yola çıkarlarmış. Bazısı yürüyerek, bazısı koşarak bazısı

trenle _____ .

Tüm balonlar buluşunca güç toplamak için ağaçlardan meyve _____ ve

yerlermiş. Meyveleri yedikten sonra gökyüzüne _____ .

Balonları gökyüzünde bulutlar _____ . Çünkü balonlarla bulutlar çok iyi

arkadaşlarmış ve sadece yılda bir kez _____ . Balonlar bulut arkadaşlarına

yeryüzünde olan biten pek çok şeyi _____ , bulutlar da onları heyecanla

_____ . Bulutlar en çok yeryüzündeki çiçekleri _____ _____ . Balonlar

bulutlara çiçeklerin kokusunu anlatırlarmış. Bulutlar da bu kokuyu duymak için derin derin

_____ _____ .

B. Aktivite: Arkadaşlarınızla "Beyninizi nasıl kullanırdınız?" diye konuşun.

課堂活動：請與同學討論「以往您是如何運用您的大腦的？」

Beyninizi doğru kullanın

1. Açık havadayken ve ayaktayken beyin daha iyi çalışır.

2. Yürürken kolları sallamak beynin performansını olumlu etkiler.

3. Yabancı bir dil öğrenme, beyni güçlendirir.

4. Her gün güzel bir resme veya fotoğrafa bakmaya çalışın. Estetik algınız, gördüğünüz estetik şeyler kadar gelişir.

5. Günde aklınızdan 60 bin ile 80 bin arası düşünce geçer. Bu düşünceler ne hakkındaysa, hayatınız da ona göre şekillenir.

6. Düşünmek üzerine düşünmek, beyin ve düşünce kapasitesini artırır.

C. Okuyun, soruları yanıtlayın. 請閱讀並回答問題。

Acele nereye?

Bir grup arkeolog İnka medeniyetini araştırmak için İnka topraklarında, yanlarına o yörenin kabile şefini alarak dağlarda uzunca bir yolculuğa çıkarlar. Bir müddet yol alırlar ve bir noktada kabile reisi yolun ortasında bağdaş kurup oturur. Arkeologlar ne olduğunu anlamazlar ve neden yolun ortasında oturduğunu kabile şefine sorarlar. Kabile şefi arkeologlara dönerek "Çok hızlı geldik bedenlerimiz burada, ama ruhlarımız çok gerilerde kaldı, ruhlarımızın da bize yetişmeleri lazım" der.

1. Arkeolog grubu nereye ve niçin giderler?

_____

2. Arkeologlara kim rehberlik eder?

_____

3. Arkeologlar neyi anlamazlar?

_____

4. Arkeologlar şefe ne sorarlar ve şef ne cevap verir?

_____

Ayşe'nin Günlük Yaşamı

Ayşe her gün erken kalkar. Banyoya gider, duş alır. Etek, bluz, çorap ve ayakkabı giyer, sonra mutfağa gider, kahvaltı hazırlar. Kahvaltıda meyve suyu içer, peynir, zeytin, bal ve yumurta yer. Sonra banyoya gider, dişlerini fırçalar, evden çıkar, otobüse biner, işe gider. Ayşe otobüste gazete okur. Ülkedeki ve dünyadaki gelişmeleri yakından takip eder.

Ayşe bir okulda sekreterdir. O her gün öğrencilere yardım eder. Mektup yazar, yeni öğrenciler için bilgi verir. Öğlen küçük bir restorana gider, orada çorba içer, pilav yer, sonra okula döner, saat 17.30'da iş biter, sonra eve döner. Ayşe akşam yemeğinden sonra bir spor salonuna gider, orada yaklaşık bir buçuk saat hafif spor yapar. Ayşe spordan sonra eve döner ve evde dinlenir, televizyon seyreder ve çok erken yatmaz. Çünkü internete girer biraz da arkadaşlarıyla chat yapar. Daha sonra geç saatlerde uyur. Ayşe'nin her günü genellikle böyle geçer.

A. Soruları yanıtlayın. 請回答問題。

1. Ayşe kahvaltıda ne yer, ne içermiş?

_____

2. Ayşe işe nasıl gidermiş?

_____

3. Ayşe işte neler yaparmış?

_____

4. Ayşe evde neler yaparmış?

_____

5. Ayşe ne iş yapar ve iş yerinde neler yaparmış?

_____

B. Birinci paragrafı geniş zamanın hikâyesine çevirin. 請將第一段改為寬廣 - 確實過去複合時態。

Ayşe her gün erken kalkardı. _____

_____

_____

_____

_____

_____

C. İkinci paragrafı geniş zamanın rivayetine çevirin. 請將第二段改為寬廣 - 傳說過去複合時態。

Ayşe bir okulda sekreterdir. O her gün öğrencilere yardım edermiş. _____

_____

_____

_____

_____

_____

🔍 -( )r -maz / -mez　一……（立刻）就……

💡 此句型透過同一個動詞字根同時與寬廣式肯定、否定型態連用以表達「一……
　立刻（就）……」的語意，並可用來表達主要子句的動作何時發生。例如：Ders **biter**
　bitmez eve gideceğim.。

A. Örnekteki gibi yapın.　請依照範例練習。

Örnek: Öğretmen sınıfa girdi ve hemen derse başladı.
*　　　　Öğretmen sınıfa girer girmez derse başladı.*

1. Ders bitecek, sonra yemeğe gideceğim.

_____

2. Yattı, uyudu.

_____

3. Okulu bitirdim. Hemen işe başladım.

_____

4. Kötü haberi duydu, bayıldı.

_____

5. Kahvaltımı yapacağım, hemen sonra dışarı çıkacağım.

_____

B. "-( )r -maz / -mez" ile soruları yanıtlayın.
　　請使用 -( )r -maz / -mez 動副詞回答問題。

1. Ne zaman sinemaya gideceksin?

_____

2. Ne zaman uyuyacaksın?

_____

3. Ne zaman spor yapacaksın?

_____

4. Ne zaman doktora gideceksin?

_____

5. Ne zaman kitap okuyacaksın?

_____

6. Ne zaman ona güvendin?

_____

🔍 Alıştırmalar 練習

A. Örnekteki yapın. 請依照範例練習。

Örnek: gitmek

	Olumlu	Olumlu Soru	Olumsuz	Olumsuz Soru
Ben	Giderim	Gider miyim?	Gitmem	Gitmez miyim?
Sen	Gidersin	Gider misin?	Gitmezsin	Gitmez misin?
O	Gider	Gider mi?	Gitmez	Gitmez mi?
Biz	Gideriz	Gider miyiz?	Gitmeyiz	Gitmez miyiz?
Siz	Gidersiniz	Gider misiniz?	Gitmezsiniz	Gitmez misiniz?
Onlar	Giderler	Giderler mi?	Gitmezler	Gitmezler mi?

bilmek

	Olumlu	Olumlu Soru	Olumsuz	Olumsuz Soru
Ben				
Sen				
O				
Biz				
Siz				
Onlar				

vurmak

	Olumlu	Olumlu Soru	Olumsuz	Olumsuz Soru
Ben				
Sen				
O				
Biz				
Siz				
Onlar				

sevmek

	Olumlu	Olumlu Soru	Olumsuz	Olumsuz Soru
Ben				
Sen				
O				
Biz				
Siz				
Onlar				

seyretmek

	Olumlu	Olumlu Soru	Olumsuz	Olumsuz Soru
Ben				
Sen				
O				
Biz				
Siz				
Onlar				

B. Dinleyin, boşlukları doldurun ve soruları cevaplayın.
請聆聽音檔、填空並回答問題。

Ümran'ın Arkadaşları `MP3-11`

Ayşe : Ümran, Türkiye'deyken Tayvan'daki arkadaşlarınla _____ _____ ?

Ümran : Evet, zaman zaman skype'te görüşürdüm.

Ayşe : Günleri nasıl _____ , mutlular mıymış Tayvan'da?

Ümran : Çok mutlularmış. Hemen hemen her gün dersleri varmış ve sık sık

okula _____ .

Ayşe : Peki, sen Türkiye'deyken tarihî ve turistik yerlere ara sıra _____ _____ ?

Ümran : Tabii, ayda bir iki kere gider, çok memnun _____ .

Ayşe : Söyle bakalım. Nerelere gittin?

Ümran : İstanbul'a, İzmir'e ve Antalya'ya gitmiştim.

Ayşe : Ohh... Sen benden daha çok _____ . Başka neler _____ ?

Ümran : Türk yemeklerinden bol bol _____ .

Ayşe : Peki, ayran _____ _____ ? Alıştın mı ayran içmeye?

Genellikle yabancılar ayranı pek _____ .

Ümran : Önceleri sevmemiştim, ama daha sonra alıştım. Şimdi özlemeye başladım bile.

Ayşe : Yakında Türkiye'ye gelme planın var mı? Tekrar gelirsen mutlaka haberim olsun.

Seni gezdiririm.

Ümran : Tamam, çok _____ . Şimdiden teşekkür ederim. Herkese selam

söyle.

1. Ümran'ın Tayvan'daki arkadaşları neler yaparlarmış?

_____

2. Ümran Türkiye'de neler yaparmış?

_____

3. Ümran Türkiye'de nereleri gezmiş?

_____

C. Lütfen cümleleri tamamlayın. 請造句。

1. Her zaman _____

2. Genellikle _____

3. Haftada 3 kere _____

4. Her yaz _____

5. Bazen _____

6. Sık sık _____

D. Doğru eylemleri seçip cümleleri uygun şekilde tamamlayın. 請選出正確的動詞並以適當的形態完成句子。

| anlat- / çal- / çalış- / iç- / ye- / dinle- / konuş- / koş- / yat- / yorul- / oyna- / kalk- |

1. Eskiden çok sigara _____, şimdi artık bıraktım.

2. Çocukken anneannem bize her akşam masallar _____ .

3. Duyduğuma göre Ayşe öğrenciyken çok ders _____ .

4. Sen hiç bu kadar _____, sana ne oldu?

5. Merdivenleri çıkarken hiç _____, yaşlanmışım galiba.

6. Duyduğumuza göre siz çok güzel gitar _____ .

7. Küçükken ben her gece annemle, babamla _____ .

8. Okuldayken (ben) kardeşimle bu parkta _____ .

E. Lütfen boşlukları tamamlayın. 請填空。

Erol Bey saat sekizde kalk_____; elini, yüzünü yıka_____, tıraş ol_____, giyin_____, kahvaltı et_____ . Erol Bey bir lisede öğretmen. O her sabah kitaplarını çantasına koy_____, arabasına bin_____ ve işine git_____ . Ömer ve Emel saat sekizde kalk_____, dişlerini fırçala_____, giyin_____ ve kahvaltı et_____ . Ömer lisede öğrenci. Her sabah okula yakın arkadaşlarıyla git_____ . Emel ortaokulda öğrenci. O, okula servisle git_____ . Dersi saat dokuzda başla_____, üçte bit_____ .

Sevim Hanım, sabah kahvaltı masasını topla_____, sonra bulaşıkları yıka_____, camları aç_____, yatakları düzelt_____ . Sonra radyo dinle_____ ve yemek pişir_____ . Dinlenmek için bir süre koltuğuna otur_____ ve yorgunluk kahvesi iç_____ . Bu arada gazeteleri oku_____, sonra da işlerine devam et_____ .

🔍 Hatırlayalım 回顧

A. Sorular yanıtlayın.
請回答問題。

1. Sık sık ağlar mısın?

   Evet, _____ .

   Hayır, _____ .

2. Sabahları spor yapar mısın?

   Evet, _____ .

   Hayır, _____ .

3. Yemek pişirmeyi bilir misin?

   Evet, _____ .

   Hayır, _____ .

4. Alkol ve sigara kullanır mısın?

   Evet, _____ .

   Hayır, _____ .

B. Sorular yanıtlayın.
請回答問題。

1. Lisedeyken spor yapar mıydın?

   Evet, _____ .

   Hayır, _____ .

2. Çocukken sık sık arkadaşlarla kavga eder miydin?

   Evet, _____ .

   Hayır, _____ .

3. Öğrenciyken partilere gider miydin?

   Evet, _____ .

   Hayır, _____ .

4. Hastanedeyken arkadaşların seni arar mıydı?

   Evet, _____ .

   Hayır, _____ .

C. Sorular yanıtlayın.
請回答問題。

1. Hoca üniversitedeyken çok ders çalışır mıymış?

   Evet, _____ .

   Hayır, _____ .

2. Oğuz Hoca çocukken oyuncak sever miymiş?

   Evet, _____ .

   Hayır, _____ .

3. Oğuz Hoca İstanbul'dayken yoğurt yer miymiş?

   Evet, _____ .

   Hayır, _____ .

4. Oğuz Hoca lisedeyken spor yapar mıymış?

   Evet, _____ .

   Hayır, _____ .

D. Uygun zaman ekleriyle tamamlayın.
請填寫適當的時態字尾。

1. Eskiden yaşlı bayanlar ısınmak için küçük köpekleri kucaklarına al_____ .

2. Kleopatra güzelleşmek için süt banyosu yap_____ .

3. Deve kuşları korkunca başlarını kuma göm_____ .

4. Yüzyıllar önce dünyada dinazorlar yaşa_____ .

5. Eskiden insanlar "Dünya yuvarlak" diye bil_____ .

E. Cümleleri geniş zamana çevirin. 請將句子改寫成寬廣式。

O yıl kış mevsimi çok soğuk geçmiş; kar çok yağmış. Bu korkunç soğukta, bu karanlıkta, küçük bir kız çocuğu başı açık hâlde ve yalın ayak yürümüş sokaklarda. Kızın eski önlüğünde bir sürü kibrit bulunmuş, kibritlerin bir kısmını da elinde tutmuş. Gün boyu hiç kimse bir tanecik bile kibrit satın almamış. Zavallı küçük kız, karnı acıkmış, soğuktan donmuş, karların içinde çok üşümüş ve titremeye başlamış.

Kutudan bir tane kibrit almış, duvara sürtmüş, bir kıvılcımla yanmış kibrit! Kızın avucunda küçük bir mum gibi, sıcak parlak bir alevle yanmış kibrit. Kibrit küçük kıza, kocaman bir sobanın önünde oturuyormuş gibi gelmeye başlamış. Soba alev alev yanmış, harika ısıtmış! Küçük kız ayaklarını uzatmış; çünkü onları da ısıtmak istemiş. O anda alev sönmüş, soba birden yok olmuş...

NOTE

YANINIZA OTURABİLİR MİYİM?
我可以坐在您旁邊嗎？

3 YANINIZA OTURABİLİR MİYİM?

Diyalog Yumurta Pişirebilirim MP3-12

Anne : Kızım, bana biraz yardım edebilir misin? Çok yoruldum.

Kız : Tamam, anne. Yardım edebilirim. Ama çok fazla zamanım yok. Gelecek hafta sınavlar başlıyor. Ders çalışmalıyım. Hiç ders çalışmadım, belki sınavdan kalabilirim.

Anne : O zaman ders çalış. Ben kendim halledebilirim.

Kız : Hayır, anne. Yardım etmek istiyorum. Sana nasıl yardımcı olabilirim?

Anne : Ütü yapabilir misin?

Kız : Hayır, anne. Ben ütü yapmaktan nefret ediyorum.

Anne : Peki, bulaşıkları yıkayabilir misin?

Kız : Ama, anne, bulaşıklar çok birikmiş. Ben bulaşıkları yıkayamam.

Anne : Peki. Kızım, temizlik yapabilir misin? Camları silebilir misin?

Kız : Anne, en zor işleri bana veriyorsun.

Anne : Peki. Kızım, sen bana nasıl yardımcı olabilirsin, ne yapabilirsin?

Kız : Mesela yemek pişirebilirim.

Anne : Hangi yemekleri pişirebilirsin? Karnıyarık yapabilir misin?

Kız : Yapamam.

Anne : Türlü yapabilir misin?

Kız : Yapamam.

Anne : Külbastı yapabilir misin?

Kız : Hayır, anne. Onu da yapamam. Sadece yumurta pişirebilirim.

Anne : Bravo kızım. Çok yardımcı oldun!

Kız neler yapabilir? →

Kız neler yapamaz? →

Uzun Hayat Mı, Kısa Hayat Mı?

Bir söylenceye göre başlangıçta Tanrı insanlara yirmi yıl, yılanlara otuz yıl, eşeklere altmış yıl, maymunlara da elli yıl ömür vermiş. Tüm canlılar verilen bu süreden memnun olmamışlar. Yılan "Bu kadar çok sürünemem."; eşek "Bu kadar çok yük taşıyamam."; maymun "Uzun yıllar insanların maskarası olamam. Uzun süre komiklik yapamam." demiş. Sadece insan "Bu kadar kısa sürede ne yapabilirim?" diye Tanrı'ya şikâyette bulunmuş.

Tüm canlılar bir araya gelip Tanrı'nın huzuruna çıkıp bu durumu düzeltmesini, isteklerinin kabul edilmesini istemişler. Tanrı tüm canlıların isteklerini kabul etmiş. Yılandan on yıl, eşekten ve maymundan da yirmişer yıl alarak insanın yaşına eklemiş. Böylece insanın yaşı ortalama yetmiş yıl olmuş.

Derler ki, insanın ilk yirmi yılı insan gibi hastalıksız sorunsuz güle eğlene, sonraki on yılı iş ve eş bulmak için yılan gibi sürünerek, sonraki yirmi yılı çocuk okutmak için eşek gibi çalışarak, sonraki yirmi yılı ise torunlarını parklara götürüp onlara komiklik yaparak maymun gibi geçermiş.

A. Soruları yanıtlayın. 請回答問題。

1. Başlangıçta canlıların hayat süreleri ne kadardır?

_____

2. Canlılar neden şikâyet etmekteler?

_____

3. İnsan hayatının dönemleri nelerdir?

_____

🔍 Yeterlilik Eylemi　能夠動詞

Olumlu　肯定

Eylem － Yeterlilik (-(y)Abil-) － Zaman Eki (-iyor- / -ecek- / -ir- / -di- / -miş-) **＋ Kişi Eki**

Bu olaydan sonra seni daha iyi anla**yabiliyor**um.

Yarın bana gel**ebilecek** misiniz?

Sabah çok geç kalktım, derse taksiyle ancak yetiş**ebildi**m.

Duyduğuma göre üniversiteyi yeni bitir**ebilmiş**.

*能夠動詞最常與寬廣式連用。

能夠動詞與寬廣式連用時	
1. 有能力做某事	2. 表達可能性
Ben 100 kilogram taşı**yabilir**im. Sen bu yemeklerin hepsini yi**yebilir**sin.	Dikkat et, düş**ebilir**sin. Terliyken soğuk su içme. Hastalan**abilir**sin.
3. 第一人稱問句時表示客氣徵求同意	4. 第二人稱問句時表示客套的要求
İçeri gir**ebilir** miyim? Kitabını al**abilir** miyiz?	Kalemini bana ver**ebilir** misin? Pencereyi kapa**yabilir** misiniz?

A. Eşleştirin. 請配對。

1. Geçen hafta sonu iyi _____

2. Burası kütüphane. Biraz sessiz _____

3. Üç ay sonra ben de senin gibi Türkçe _____

4. Annem her zaman lezzetli yemekler _____

5. Sinan şimdi beş yaşında, ama piyano iyi _____

6. Kapadokya'dayken balona _____ Çok şanslıydık.

7. Projesiyle günlerce uğraşmış. Arkadaşının yardımıyla bu sabah işini _____

8. Kaptan, bu durakta _____

A. konuşabileceğim.

B. çalabiliyor.

C. halledebilmiş.

D. inebilir miyim?

E. binebildik.

F. pişirebilir.

G. olabilir misin?

H. dinlenebildin mi?

Olumsuz I. 否定 I

表達「某人缺乏某能力、心有餘而力不足」語意時，如同肯定句般可和各時態連用，其句型為：

Eylem - Yeterlilik olumsuz (-(y)AmA-) - Zaman Eki (-yor- / -yAcAk- / -z- / -dI- / -mIş-) **+ Kişi Eki**

İnan**amıyor**um; nasıl da yüzüme baka baka yalan söyle**yebiliyor**sun?

Kusura bakma; onunla önceden randevulaşmıştım. Yarın seninle gel**emeyeceğ**im.

Bunu yarına kadar bitir**emem**, biraz daha zaman ver**ebilir m**isiniz?

Maalesef sözünü tut**amadı**. Buna çok üzüldüm.

Aramış aramış, bul**amamış**; vazgeçmek zorunda kalmış.

B. Eşleştirin. 請配對。

1. Bu saatte taksi _____
2. Bunaldım. Nefes bile _____
3. Bu, onun sırrıdır. Kimseye _____
4. Burası çok havasız. Daha fazla _____
5. İki saat uğraştık. Bu soruyu bir türlü _____
6. Hafta sonu bir sürü işim var. Seninle _____
7. Trafik çok sıkışıkmış. Okula zamanında _____
8. Sadece Türkçe ve Çince biliyorum. Arapça _____

A. çözemedik.
B. görüşemeyeceğim.
C. duramam.
D. alamıyorum.
E. gidememiş.
F. konuşamıyorum.
G. anlatamayacağım.
H. bulamazsın.

Olumsuz II. 否定 II

此否定句用以表達「說話者推估某事發生的可能性不高」之語意，可和現在式、未來式連用，但最常跟寬廣式連用，其句型為：

Eylem - Yeterlilik olumsuz (-mAyAbil-) - Zaman Eki (-iyor- / -ecek- / -ir-) **+ Kişi Eki**

İnsan yaşaya yaşaya öğrenir; fakat insan ömrü öğrenmeye yet**meyebiliyor**.

ABD Dışişleri Sekreteri, "ABD , Çin ile ticaret anlaşması yapabilir de yap**mayabilir** de." dedi.

Her insan iyi ol**mayabilir**; ama her insanda mutlaka bir iyilik vardIr.

C. Örnekteki gibi yapın. 請依照範例練習。

Örnek: Dün partiden çok geç döndü. Bu sabahki derse gel_____ .

   Dün partiden çok geç döndü. Bu sabahki derse gelmeyebilir.

1. Jokeyi değişmiş; bugünkü yarışı sekiz numaralı at kazan_____ .
2. Üç ay sonra bursu çıkacakmış; senden borç para al_____ .
3. Çok geç oldu. Artık gel_____ .
4. Yarın dersi yok. Ben onu gör_____ .
5. Emin olmak için ona da sorabilirsin, ancak ayrıntısını hatırla_____ .

也可以透過 **-(y)amayabilir, -(y)emeyebilir** 的連用型態表達「可能性低、心有餘而力不足」的雙重語意。

· Ayşe bugünlerde çok hâlsiz ve rahatsız, pek ders çalışamıyor; yarınki sınavda başarılı olamayabilir.

· Evini su basmış diye Ali bugün okula gelemeyebilir.

· Gelmeden önce zaten çok yemek yedim; bir kilo baklavanın hepsini yiyemeyebilirim.

D. Soruları yanıtlayın.　請回答問題。

1. Şarkı söyleyebilir misin?

Evet, _____ .

Hayır, _____ .

2. Bir kilo baklava yiyebilir misin?

Evet, _____ .

Hayır, _____ .

3. Ata binebilir misin?

Evet, _____ .

Hayır, _____ .

4. Bu gece geç yatabilir miyim?

Evet, _____ .

Hayır, _____ .

5. Yarın sizinle konsere gidebilir miyim?

Evet, _____ .

Hayır, _____ .

E. Ne yapabilirler, ne yapamazlar?　他們可以做什麼，不能做什麼？

Doktor	*ameliyat edebilir*	*proje çizemez*
Pilot		
Polis		
Aktör		
Tamirci		
Mühendis		

F. Eşleştirin. 請配對。

Diyabet hastası. ·   · Gazete okuyamaz.

Akciğer kanseri. ·   · Buraya park edemezsiniz.

Okuma yazma bilmiyor. ·   · Tatlı yiyemez.

Park etmek yasaktır. ·   · Burada dinlenemezsiniz.

Çok gürültü var. ·   · Sınavdan iyi puan alamaz.

Çok ders çalışmadı. ·   · Sigara içemez.

G. Aşağıdaki seçeneklerden doğrusunu işaretleyin.
請標示出正確的選項。

1. Son günlerde çok kilo almışım. Bu tatlıyı _____ .

   a. yemeyebilirim   b. yiyemeyebilirim   c. yiyebilmişim   d. yiyemedim

2. Şu anda tatil yapıyor. Bizimle buluşmaya _____ .

   a. gelmeyebilir   b. gelebilir   c. gelemez   d. gelebiliyor

3. Aniden bilgisayarım bozuldu. Yarın ödevimi _____ .

   a. verebildim   b. veremeyebilirim   c. veremem   d. verebilirim

4. Zaten hastaydın. Yağmurda çok ıslandın; hastalığın galiba kısa zamanda _____ .

   a. iyileşebilir   b. iyileşemedi   c. iyileşebildi   d. İyileşemeyebilir

5. Çok kar yağıyor. Bu havada uçak _____ .

   a. kalkamamış   b. kalkabiliyor   c. kalkmayabilir   d. kalkabilir

🔍 -DAn beri ve -DIr　時間副詞

Diyalog　Değişim Öğrencisi　MP3-13

Buket　: Ooo, Doğan, nerelerdesin? Uzun zamandır seni göremiyorum.

Doğan　: Evet, bir aydan beri Tayvan'da değildim, tatile gittim.

Buket　: Çok güzel! Nereye gittin tatile?

Doğan　: Türkiye'ye gittim, geçen yıldan beri Türkiye'ye gitmemiştim. Çok özlemiştim.

Buket　: Neler yaptın? Nereleri gezdin? Kimleri gördün?

Doğan　: Ne zamandır Türk arkadaşlarımı görmüyordum, hepsini ziyaret ettim. Türkiye'deyken çok dolaştım. Kapadokya'ya, Efes'e, Pamukkale'ye gittim.

Buket　: Harika. Havalar nasıldı? Rahat rahat gezebildin mi?

Doğan　: Biraz soğuktu.

Buket　: Değişim öğrencisi Ayşe'yi gördün mü?

Doğan　: Hayır, görmedim onu. Onunla iki yıldan beri konuşmuyorum.

Buket　: Neden konuşmuyorsun? Küstün mü?

Doğan　: Küsmedim, ama epeydir onunla iletişimi kopardım.

Buket　: Ne zaman döndün Türkiye'den?

Doğan　: Döneli bir hafta oldu. Bir haftadır ailemle beraberdim. Dünden beri de Taipei'deyim.

Buket　: Peki, hoş geldin. Görüşürüz.

A. Soruları yanıtlayın.　請回答問題。

1. İki arkadaş ne zamandan beri görüşmüyorlar?

_____

2. Doğan tatile nereye gitti ve kimleri gördü?

_____

3. Doğan ne zaman döndü? Ne zamandan beri Taypey'de?

_____

Kitap Okumak

Uzun zamandan beri kitap okumuyordum. İki hafta önce bir karar aldım ve kitap okumaya yeniden başladım. Şimdi iki haftadır kitap okuyorum ve edebiyatın tadına yeniden varıyorum. Aslında kitap okuma alışkanlığım ilkokuldan beri vardı ve düzenli kitap okurdum. Ama yurt dışına çıktım çıkalı kitap okuma olanaklarım azaldı. İki yıldan beri Tayvan'dayım ve bu zamandan beri kitaplardan uzak kaldım. Hem işlerimin yoğunluğu hem kitap bulmada sıkıntı olması beni bir süre için kitaplardan uzaklaştırdı. Şimdi işlerim azaldı ve bolca zamanım var. Yıllardır okumayı planladığım kitapları okuyacağım.

A. Soruları yanıtlayın. 請回答問題。

1. Ne zaman kitap okumaya karar verdi?

_____

2. Ne zamandan beri kitap okumaya başladı?

_____

3. Ne zamandan beri kitap okuma alışkanlığı vardı?

_____

4. Niçin kitap okuma alışkanlığı azaldı?

_____

5. Ne yapmayı planlıyor? Niçin?

_____

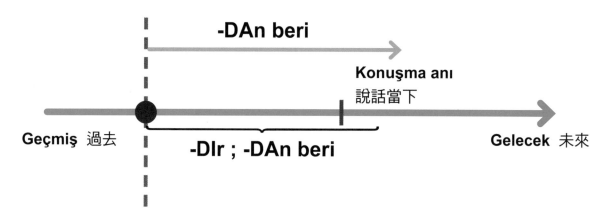

- 使用 -DAn beri 時，事情開始發生的時間點是非常明確的，可以敘述月、日、時間、日期、季節、地點等。

時間副詞	過去某個明確 / 不明確的時間點
-dan beri / -den beri / -tan beri / -ten beri	起始時間點；例如 uzun zaman, epey, çok, ne zaman...
-dır / -dir / -dur / -dür / -tır / -tir / -tur / -tür	明確 / 不明確時間長度；例如 5 yıl, aylar, saatler...

1. 若我們要表明事情開始發生的時間點，應使用「-DAn beri」型態。若想表示事情或動作發生期間的長度，則兩種形態皆可使用。例如：

   Pazartesi gününden beri kar yağıyor.

   Üç aydır Cengiz'le telefonlaşıyoruz.

   = Üç aydan beri Cengiz'le telefonlaşıyoruz.

2. 像是「gün, hafta, ay, yıl」這類表達時間的名詞，可以加上 -lAr 複數型態後，使用在「-DAn beri」和「-DIr」句型中。

   Yıllardır / Yıllardan beri babamla görüşemiyorum.

   Saatlerden beri / Saatlerdir spor yapıyorsun. Biraz dinlenmek istemez misin?

A. Lütfen cümle yapın.

請完成全句。

1. Çocukluğumdan beri _____

_____ .

2. Liseden beri _____

_____ .

3. 10 yaşından beri _____

_____ .

4. İstanbul'dan beri _____

_____ .

5. Hastalığımdan beri _____

_____ .

B. "-DAn beri" veya "-DIr" ile tümceleri tamamlayın.

請以 -DAn beri 或 -DIr 填空。

1. Çok açım. Sabah_____ hiçbir
   şey yemedim.

2. 1992'_____ yabancılara Türkçe
   öğretiyorum.

3. Çok_____ onunla görüşmüyorum.

4. Ayla_____ bu proje üzerine
   çalışıyoruz.

5. Yarım saat_____ bekliyoruz. Hâlâ
   otobüs görünürlerde yok.

6. Birkaç gün_____ iştahım yok.
   Midem bulanıyor. Galiba hastayım.

C. Soruları yanıtlayın.

請回答問題。

1. Ne zamandan beri ayaktasın?

_____

2. Ne zamandan beri Tayvan'da
   yaşıyorsun?

_____

3. Ne zamandan beri yağmur yağıyor?

_____

4. Ne zamandan beri alışverişe
   çıkmıyorsun?

_____

5. Ne zamandan beri evlisiniz?

6. Ne zamandan beri spor yapıyorsun?

_____

🔍 Ulaçlar (-Ip, -mAdAn, -ArAk, -A -A) 動副詞 (-Ip, -mAdAn, -ArAk, -A -A)

Diyalog Hırsız ve Polis `MP3-14`

A : Beyefendi, buradan birisi geçti mi?

B : Nasıl birisini arıyorsunuz memur bey bilmiyorum, ama biraz önce sakallı bir adam karşı kaldırımdan koşa koşa gelip şu duvardan atlayıp istasyona doğru gitti.

A : Evet, biz de onu arıyoruz. Yanında bir şeyler taşıyor muydu?

B : Sanırım küçük bir çanta vardı sırtında. Ne yapmış, suçu ne, memur bey?

A : Aşağı mahallede yaşlı bir kadının evine girip kadının parasını ve altınlarını çalmış. Kadın fark etmemiş, ama yan komşusu sesleri duyup polisi aramış. Biz de zamanında yetiştik, ama hırsız bizi görünce pencereden atlayıp kaçtı. Biz de izini takip edip buraya kadar geldik. Bu sokakta izini kaybettirip ortadan kayboldu. Ama fazla uzağa gitmiş olamaz. Mutlaka yakalayacağız.

B : Ne kadar para çalmış?

A : Komşusu erken fark ettiği için tüm parayı almadan yetiştik.

B : Son zamanlarda hırsızlık olayları arttı, eskiden kapılarımızı kilitlemeden yatardık.

A : Artık eskilerde yaşamıyoruz. Sizler de dikkatli olun, kapınızı pencerenizi kilitleyip yatın.

B : Teşekkür ederiz, memur bey. Artık kapımı kilitleyip yatacağım.

A. Soruları yanıtlayın. 請回答問題。

1. Polis nasıl birisini arıyor?

_____

2. Hırsız ne yapmış?

_____

3. Polis komşulara ne tavsiyede bulunuyor?

_____

👤 -(y)ıp, -ip, -up, -üp

表達「某動作之後」的語意，第二個動詞才是語意重心。

> (Özne) Eylem 1 –(y)ıp, ip, up, üp   Eylem 2 – **zaman eki + kişi eki**

例如：
Türkçe öğreneceğim.
Türklerle konuşacağım.
→ Türkçe öğrenip Türklerle konuşacağım.

· 使用上必須主詞相同、兩動作的時態相同、同為肯定句。因此，句意是「同一個主詞先後做的兩個動作」。

A. Örnekteki gibi yapın.　請依照例句練習。

Örnek: İşimi bitir_____ hemen çıkıyorum.

　　　　İşimi bitirip hemen çıkıyorum.

1. Yemeği pişir_____ hemen yedik.

2. Otur_____ biraz dinlendik.

3. Bana merhaba de_____ hemen ayrıldı.

4. Çalış_____ çok para kazanmak istiyorum.

👤 -madan, -meden

此動副詞是 **-ıp, -ip, -up, -üp** 的否定形；結合的兩句中，第一句否定、第二句肯定。

> (Özne) Eylem 1 -madan, -meden   Eylem 2 – **zaman eki + kişi eki**

例如：
Ders çalışmadım.
Sınava girdim.
→ Ders çalışmadan sınava girdim.

· -madan / -meden 動副詞亦可與否定句連用，表達「不……就不……」的強調語氣。
例如：Sabahları kahvaltı yapmadan evden çıkmam.

A. Örnekteki gibi yapın.　請依照例句練習。

Örnek: Bil_____ konuşuyorsun.

　　　　Bilmeden konuşuyorsun.

1. Dişlerimi fırçala_____ yattım.

2. Niçin ödevini yap_____ geldin?

3. Beni bekle_____ gitmiş. Çok kızdım.

4. Sev _____ evlenmiş ve sonuçta mutsuz olmuş.

B. Örnekteki gibi "-mAdAn" ile cümleleri birleştirin.

請依照例句用 -mAdAn 來合併句子。

Örnek: Hemen bilgisayar oyunu oynama. Önce ödevini yap.

   Ödevini yapmadan bilgisayar oyunu oynama.

1. Hemen çarşıya çıkmayın. Önce alışveriş listesini hazırlayın.

_____

2. Farkında olmadı. Heyecanla arkadaşıyla yüksek sesle konuşuyordu.

_____

3. Bana uğramadı. Taipei'den ayrıldı.

_____

4. Hiç yemek yememiş, uyumamış. Gece boyunca sokaklarda dolaşmış.

_____

🗨 -(y)arak, -(y)erek

表達「邊……邊……」或是「以……的方式」的語意。因此，也如同 **-ıp / -ip / -up / -üp** 一般，必須主詞相同、兩動作的時態相同、同為肯定句。

> (Özne) <u>Eylem 1</u> **–(y)arak, -(y)erek** <u>Eylem 2</u> – zaman eki + kişi eki

例如：⎰ Komşumuz gülüyor.
　　　⎱ Komşumuz konuşuyor.　　⟶　Komşumuz gülerek konuşuyor.

又如：⎰ Ali her gün balık tutar.
　　　⎱ Ali geçinir.　　⟶　Ali her gün balık tutarak geçinir.

• olarak一詞表示「以……的身分立場」的語意，例如：Burada öğretmen olarak çalışıyor.

• 若有三個動作，通常第一個動作用-(y)ıp，ip，up，üp，第二個動作用-(y)arak，-(y)erek。

例如：Evden çıkıp otobüse binerek işe gitti.

A. Örnekteki gibi yapın. 請依照例句練習。

Örnek: Trafik kazasını ağla_____ anlattı.

   Trafik kazasını ağlayarak anlattı.

1. Hırsız koş_____ uzaklaştı.

2. Müzik dinle_____ ders çalışıyorum.

3. Ağla_____ konuşma.

4. Okula yürü_____ gidiyorum.

5. İyi bir dost ol_____ bana gerçeği söyleyemez misin?

6. Türkiyeli ama Türkçeyi yabancı dil ol_____ öğrenmeye çalışıyor.

7. Ben öğretmen ol_____ çalışıyorum.

8. Tayvan'a turist ol_____ geldim.

👤 -(y)a -(y)a, -(y)e -(y)e

與 **-(y)ArAk** 動副詞意思相近，不過此動副詞表達動詞的動作重複數次。

> (Özne) <u>Eylem 1</u> **-(y)a, -(y)e** <u>Eylem 1</u> **-(y)a, -(y)e** <u>Eylem 2</u> **– zaman eki + kişi eki**

例如：
{ Oğuz koştu, koştu.
{ Oğuz toplantıya geldi. ⟶ Oğuz toplantıya koşa koşa geldi.

👤 -(y)a -(y)a / -(y)e -(y)e 也可以使用兩個語義相近的動詞。例如：

> (Özne) <u>Eylem 1</u> **-(y)a, -(y)e** <u>Eylem 2</u> **-(y)a, -(y)e** <u>Eylem 3</u> **– zaman eki + kişi eki**

例如：
{ Şenay hopladı, zıpladı.
{ Şenay partiye gitti. ⟶ Şenay hoplaya zıplaya partiye gitti.

• -(y)a -(y)a, -(y)e -(y)e 還可以使用兩個語義相對的動詞。

   例如：Hepimiz bata çıka ilerleriz.

A. Örnekteki gibi yapın. 請依照例句練習。

Örnek: Evinizi sor_____ sor_____ buldum.

   Evinizi sora sora buldum.

1. Bağır_____ bağır_____ konuşma, kafam şişti.

2. Bebekler düş_____ kalk_____ yürümeyi öğrenirler.

3. İnsanlar konuş_____ konuş_____ pek çok şeyi öğreniyorlar.

4. Yakından televizyon izle_____ izle_____ gözlerin bozulacak.

A. Dinleyin, Tümceleri Tamamlayın. 請聆聽音檔並填空。 [MP3-15]

Günlük Yaşamım.

Uzun zamandır evde yalnız yaşıyorum. Zaman zaman sıkılıyorum. Evimin tüm işlerini kendim yapıyorum. Temizlik yapmak, bulaşık yıkamak ve yemek pişirmek, benim günlük işlerim arasındadır. Bakın bir günüm şöyle: Sabahleyin saat yedide kalk_____ duş alıyorum. Duştan önce tıraş oluyorum. Traş ol_____ duş aldıktan sonra kendime kahvaltı hazırlıyorum. Evden çıkmadan önce çantamı hazırlıyorum. Kahvaltımı yap_____ evden çıkıyorum. Otobüs durağına kadar yürü_____ yürü_____ gidiyorum. Durağa gitmeden önce gazeteciye uğra_____ günlük gazetemi alıyorum. Otobüste gazete oku_____ oku_____ yolculuk yapıyorum. İş yerime saat sekizde varıyorum. Ofisim 6. katta, asansöre binmiyorum. Ofisime merdivenlerden yürü_____ gidiyorum. Hiç dur_____ öğleye kadar çalışıyorum. Öğlen işe biraz ara ver_____ dinleniyorum. Akşama kadar çalış_____ saat beşte ofisten çıkıyorum. Ofisten çık_____ tüm lambaları söndürüyorum. Kapıyı kilitle_____ çıkıyorum.

B. Atasözleri ve deyimler 格言和成語

1. Üzüm üzüme baka baka kararır.
2. İnsanlar konuşa konuşa, hayvanlar koklaşa koklaşa anlaşır.
3. Can çıkmadan huy çıkmaz.
4. Eğri oturup doğru konuşmak
5. Lafı çevirip durmak
6. Gülüp geçmek

🔍 Alıştırmalar 練習

A. Zarf-fiilleri kullanarak soruları yanıtlayın.

請利用動副詞回答問題。

1. Affedersiniz. Taipei'den Kaohsiung'a nasıl gidebilirim?

_____

2. İnsanlarla genellikle nasıl anlaşabilirsiniz?

_____

3. Boş zamanlarınızı nasıl geçirebilirsiniz?

_____

4. Nasıl kültürlü olabiliriz?

_____

5. Sağlıklı yaşamak için neler yapabiliriz?

_____

6. Türkçedeki yeni kelimeleri nasıl aklınızda tutabiliyorsunuz?

_____

B. Aşağındaki kahramanlar neler yapabilir, neler yapamazlar? Örnekteki gibi yapın.

以下角色們可以做些什麼，不能做些什麼？請依造例句練習。

dönüşmek / büyü yapmak / tırmanmak / ıspanak yemek / kan emmek
savaşmak / dünyayı kurtarmak / insanlara yardım etmek
kötülük yapmak / yalan söylemek / iyilik yapmak / prensle evlenmek / uçmak

Örnek: Drakula kan emebilir ama güneşe bakamaz.

1. Süpermen _____

2. Örümcek adam _____

3. Hulk _____

4. Detektif Conan _____

5. Temel Reis _____

6. Pinokyo _____

7. Thor _____

8. Ursula _____

9. Kül kedisi _____

10. Doraemon _____

C. "Neler yapabilirim" diye öneride bulun.

請建議「我可以做什麼」。

Örnek: Uykum var. → *Hemen eve gidip bir iki saat kestirebilirsin.*

1. Çok tembelim.　　　　　　→ _____

2. Çok ödevim var.　　　　　→ _____

3. Şişmanım.　　　　　　　→ _____

4. Sinemayı sevmiyorum.　　→ _____

5. Günlük haberlerden habersizim.　→ _____

D. Dinleyin, tümceleri tamamlayın. 請聽音檔後完成句子。 MP3-16

Ev Temizligi

| pişir-　uyu-　başla-　bekle-　ver-　ye-　hazırla-　temizle- |
| sor-　kalk-　dinle-　kahvaltı yap-　ol-　yıka- |

A : Sabah çok erken, mesela beş buçuk gibi _____ _____?

B : Tabii, efendim. Ben zaten fazla _____ .

A : Evimde altı gibi _____ . Önce beraber _____ _____ .
　　Kahvaltıdan sonra ben işe gideceğim, sen evi temizlemeye _____ .

B : Olur, efendim, nasıl isterseniz.

A : Ben işe gittikten sonra sen önce yatakları toplarsın, sonra bulaşıkları _____ .
　　Mutfak şurada. Kendine çay, kahve _____ . Öğlen bir saat kadar mola
　　_____ . Molada yemek pişirip _____ .

B : Tabii, efendim. Teşekkür ederim. Ben çok iyi bir aşçıyım. İsterseniz sizin için de akşam
　　yemeği _____ .

A : Teşekkür ederim, sevinirim. Öğleden sonra salonu ve banyoyu _____ .

B : Anladım, efendim, merak etmeyin. Bir şey _____ _____?
　　Müzik _____ _____? Müzik dinleyerek çalışmayı seviyorum.

A : Tabii. _____ . Fakat müziğin sesini fazla açma, komşuları rahatsız etme.

B : Tamam, efendim. Fazla açmam.

A : Bu arada benim bugün işim uzun sürer. Saat kaça kadar beni _____?

B : Saat akşam altıya kadar _____ . Daha fazla _____ . Evim buradan çok
　　uzakta.

A : Tamam. Saat altıda görüşmek üzere.

B : Güle güle.

🔍 Hatırlayalım 回顧

A. Verilen sözcükleri kullanarak yeterlilik eylemiyle boşlukları doldurun. 請使用提供的詞彙、以能夠動詞填空。

yap- / al- / dolaş- / et- / geç- / gir- / giy- / iç- / konuş- / kullan- / ye-

Örnek: Üzgünüm; ama buraya arabanızı park _____. → *edemezsiniz*

1. Ülkemizde 20 yaşından küçük gençler, ehliyet sınavına _____.

2. Amerika'da 21 yaşını dolduran vatandaş ancak içki _____.

3. Ünlü sanatçılar sokaklarda rahatça _____.

4. Babam gürültüden çok rahatsız olur; babam çalışırken biz yüksek sesle _____.

5. Alev daha küçük, kendi kendine elbisesini _____.

6. Daha çok zamanın var. Oturup kahvaltı _____.

7. Türk vatandaşları 21 yaşını doldurmadan sigara satın _____.

8. Bu, onun bilgisayarı. Sen kendisinden izin almadan _____.

9. Bu yol çok dar, otobüs bu yoldan _____.

10. Çok doydum. Daha fazla _____.

B. Yeni bilgiler edinmek için neler yapabiliriz? Lütfen sıralayın. 為了取得新知，我們可以做些什麼事？請列舉。

1. Çok kitap okuyabiliriz. Çünkü kitaplar bilgilerle dolu.

2. _____

3. _____

4. _____

5. _____

C. Kilo vermeye çalışan biri neler yapabilir, neler yapamaz? 請寫出努力減重的人哪些事可以做，哪些事不能做？

1. Her gün yeterince uyuyabilir.

2. _____

3. _____

4. _____

5. _____

6. _____

1. Çok yağlı yemekler yiyemez.

2. _____

3. _____

4. _____

5. _____

6. _____

D. Lütfen uygun cümleleri ilgili boşluklara yerleştirin.
請將合適的句子填入相關的空格內。

Tavuk Tantuni

Tavuk göğüslerini küçük küçük küpler şeklinde doğrayın. Daha sonra zeytinyağı koyulmuş geniş bir tavaya ince ince kıyılmış soğanları ve sarımsağı koyup, bir süre kavurun. Ardından _____ biraz suyunu çekene kadar kavurun.

Diğer yandan _____ doğrayın. Tavuk etlerinin üzerine ekleyip _____ pişmeye bırakın.

Son olarak _____ kenarına tavuklu harçtan koyun. Üzerine 3-4 yaprak _____ sarın. Ardından _____ yanında ayran ile servis yapabilirsiniz. Afiyet olsun!

A. maydanoz ekleyip rulo şeklinde

B. doğradığınız tavuk etlerini ilâve edip

C. servis tabağına alıp

D. lavaş ekmeklerini tezgâha serip

E. biberleri ve domatesi de küp küp şeklinde

F. tuz ve baharatlarını da ayarlayarak

TÜRKÇE ÖĞRENMELİYİM
我應該學土耳其語

學習重點

- ○ 必須式
- ○ 靈活運用表達「必須」、「應該」等各種句型
- ○ 了解必須 - 確實過去複合時態和必須 - 傳說過去複合時態的使用時機
- ○ 理解句尾 -DIr 所呈現的語意
- ○ 熟悉 -CA 在土耳其文中的各項涵義
- ○ 看懂廣告、公文、說明書中的正式用語

Diyalog Sınav Stresi MP3-17

Beste Hanım	:	Oğlum, neden ders çalışmıyorsun? Gelecek hafta sınav haftası. Bu sınavlar senin için çok önemli, burs alman için sınavlarda yüksek puan almalısın.
Kadir	:	Biliyorum anneciğim. Çalışıyorum, ama anlamıyorum. Sanırım başaramayacağım.
Beste Hanım	:	Oğlum, başarılı olmak için kendine güvenmelisin ve inanmalısın.
Kadir	:	Burs almam için ortalamamın B1 seviyesinde olması gerekiyor ama ben alamam diye düşünüyorum.
Beste Hanım	:	Neden öyle olumsuz düşünüyorsun? Böyle olumsuz düşünmemelisin.
Kadir	:	Haklısın anne. Bazı derslere bir kez daha göz atmalıyım. Biraz daha çalışmalıyım. Ben eksikliklerim ne, biliyorum.
Beste Hanım	:	Çok iyi! Eksikliklerini bilmek çok önemli. Artık telafi etmek gerek. Belki de özel ders almalısın.
Kadir	:	Özel ders iyi olur, ancak özel ders için bütçeden bir miktar para ayırmak gerek.
Beste Hanım	:	Önemli değil, oğlum. Tüm öğrenciler dershanelere bir miktar para ayırmak zorundalar. Senin durumunda yüzlerce binlerce öğrenci var.
Kadir	:	Çok az zamanım kaldı. Çok çalışmak zorundayım. Bu yüzden kendimi stres altında hissediyorum.
Beste Hanım	:	Rahat olmalısın ve elinden geleni yapmalısın. Ben her zaman senin yanındayım ve sana yardımcı olmaya hazırım.
Kadir	:	Teşekkürler anneciğim.

A. Aşağıdaki soruları cevaplayın. 請回答下列問題。

1. Kadir niçin çalışamıyor?

_____

2. Öğrenci başarılı olmak için neler yapmalı?

_____

3. Öğrenci eksiklikleri tamamlamak için neler yapmalı?

_____

4. Kadir niçin kendini stres altında hissediyor?

_____

B. Aşağıda verilen üç paragraf için uygun birer başlık bulun.

請為下方的三個段落各找一個適當的標題。

Sorunu Çözelim Derken / Huzur Olmalı / Aşkı Uğruna

1. _____

Güneş tanrısı Helios dünyalı ve ölümlü bir kıza âşık olmuş. Helios'u diğer tanrılar kıskanmışlar ve büyük tanrı Zeus'a şikâyet etmişler. Zeus Helios'la konuşarak ya aşkını terk etmesini ya da tanrılığından vazgeçip ölümlü bir insan gibi yaşamasını istemiş. Helios gecikmeden kararını vermiş: Aşkı için tanrılığından vazgeçmek zorunda kalmış.

2. _____

Sokak satıcısı arabasıyla sebze ve meyveleri sokak sokak dolaşıp satıyormuş ve satarken de bağırıyormuş. "Patates var, soğan var, domates, biber var, şu var bu var..." Bunu duyan biri evinin penceresini açmış ve aynı şiddette bağırmaya başlamış: "Huzur yok huzur! Bana huzur lazım, sağlık lazım, güven lazım, sevgi lazım, saygı lazım."

3. _____

İnsan nüfusu her geçen gün artmaktadır. Yaşlı dünyamız yedi milyar civarındaki insan topluluğunu beslemek zorundadır. Ancak dünyanın kaynakları da sınırsız değildir. Sınırlı kaynaklarla insan isteklerini nasıl doyurmalı?

Çevre kirliliği, kaynak yetersizliği, küresel ısınma, savaşlar gibi sorunlar nedeniyle dünyamız insan neslinin devamını sağlamada zorlanmaktadır. Bilinçli insanlar "Ne yapmalıyım? Nasıl yapmalıyım" türü sorularını kendilerine sorup cevaplar aramaya çalışmaktadırlar.

Bilge bir insan dünyanın sorunlarını görüp kendince çözümler bulmaya çalışırken bir gerçekle karşılaşmış: Kendi sorununu çözmeden dünyanın sorununu çözemezsin gerçeği. Dünyanın sorunundan önce ülkenin sorunu çözülmeli. Ülke sorunundan önce şehrin sorunu çözülmeli. Şehrin sorunundan önce mahallenin sorunu çözülmeli. Mahallenin sorunundan önce de evimizin ve kendi sorunumuzu çözmeliyiz.

🔍 Gereklilik Kipi (-malı / -meli) 必須式

☀ 必須式的肯定形態傳達某人必須做某事，例如：Yarın sınav var; ders çalış**malı**yım. 也可以表達某事、物對某人而言是需要的，例如：Soğuk havalarda üşümemek için kalın elbiseler giy**meli**yiz.（= Soğuk havalarda kalın elbiselere ihtiyacımız var.）。

Eylem	Gereklilik kipi eki	Kişi eki		
al-, çalış-, sor-, tut- ver-, iç-, çöz-, gül-	-malı- -meli-	Ben → -yım / -yim Sen → -sın / -sin O → –	Biz → -yız / -yiz Siz → -sınız / -siniz Onlar → -lar / -ler	

ver-
vermeliyim
vermelisin
vermeli
vermeliyiz
vermelisiniz
vermeliler

çalış-
çalışmalıyım
çalışmalısın
çalışmalı
çalışmalıyız
çalışmalısınız
çalışmalılar

sor-
sormalıyım
sormalısın
sormalı
sormalıyız
sormalısınız
sormalılar

gül-
gülmeliyim
gülmelisin
gülmeli
gülmeliyiz
gülmelisiniz
gülmeliler

A. Örnekteki gibi yapın. 請依照範例練習。

Örnek: Derse yetişmek için saat altıda kalk_____ .

　　　　Derse yetişmek için saat altıda kalkmalıyım.

1. Çok kilo aldım. Rejim yap_____ .

2. Çok acıktım. Hemen bir şeyler ye_____ .

3. Başarılı olmak için (biz) çok çalış_____ .

4. Çok yoruldum, biraz dinlen_____ .

B. Ne yapmalıyım? 我應該做什麼？

Örnek: Açım.　→ Hemen yemek yemeliyim.

1. Hastayım.　→ _____

2. Uykusuzum.　→ _____

3. Param yok.　→ _____

4. Ev çok kirli.　→ _____

C. Ne yapmalı? 他應該做什麼？

Örnek: Sınav notları kötü.　→ Ders çalışmalı.

1. Arkadaşını istemeden üzmüş.　→ _____

2. Anahtarını evde unutmuş.　→ _____

3. Çok sabırsız.　→ _____

4. Çok dikkatsiz.　→ _____

Gereklilik Kipi Olumsuz (-mamalı, -memeli) 必須式否定句

🔅 必須式的否定形態（-mamalı, -memeli）表達某人不可、不應做某事的語意。例如：
Sabahleyin geç kalk**mamalı**sın. Ödevleri yapmadan dışarıya çıkıp arkadaşlarla oyna**mamalı**sın.

Eylem	Olumsuzluk eki	Gereklilik kipi	Kişi eki		
al-, çalış-, sor-, tut-, ver-, iç-, çöz, gül-	-ma- -me-	-malı- -meli-	Ben → -yım / -yim Sen → -sın / -sin O → – Biz → -yız / -yiz Siz → -sınız / -siniz Onlar → -lar / -ler		

ver-	**çalış-**	**sor-**	**gül-**
ver**memeli**yim	çalış**mamalı**yım	sor**mamalı**yım	gül**memeli**yim
ver**memeli**sin	çalış**mamalı**sın	sor**mamalı**sın	gül**memeli**sin
ver**memeli**	çalış**mamalı**	sor**mamalı**	gül**memeli**
ver**memeli**yiz	çalış**mamalı**yız	sor**mamalı**yız	gül**memeli**yiz
ver**memeli**siniz	çalış**mamalı**sınız	sor**mamalı**sınız	gül**memeli**siniz
ver**memeli**ler	çalış**mamalı**lar	sor**mamalı**lar	gül**memeli**ler

A. Örnekteki gibi yapın. 請依照範例練習。

Örnek: Orası çok tehlikeli. Oraya git_____ .

    Orası çok tehlikeli. Oraya gitmemelisin.

1. Çok kilolusun, fazla yemek ye_____ .

2. İyi bir insan değil. Sen onunla evlen_____ .

3. Hastasınız. Dışarıya çık_____ .

4. Sen hiçbir zaman herkese her şeyi söyle_____ .

B. Örnekteki gibi yapın. 請依照範例練習。

Örnek: Su / Sigara iç- (ben)

    Su içmeliyim. Sigara içmemeliyim.

1. Yalan söyle- / Doğru söyle- (sen) _____

2. Gürültü yap- / Sessiz ol- (biz) _____

3. Acele et- / Sabırlı ol- (onlar) _____

4. Affet- / Kavga et- (o) _____

C. Eşleştirin. 請配對。

Şeker hastasıyım. ·	· Az uyumamalıyım.
Kilo vermek istiyorum. ·	· Zamanını israf etmemelisin.
Annen hasta. ·	· Onu evde yalnız bırakmamalıyız.
Çok işin var. ·	· Sigara içmemeli.
Çocuk daha 3 yaşında. ·	· Şekerli yiyecekler yememeliyim.
Babası akciğer hastası. ·	· Onu yormamalısın. Dinlensin.

🔍 Gereklilik Kipi Soru 必須式疑問句

Eylem	Gereklilik kipi	Soru eki	Kişi eki	
al-, çalış-, sor-, gül-, tut-, ver-, iç-, çöz,	malı- meli-	mı mi	Ben → -yım / -yim Sen → -sın / -sin O → – Biz → -yız / -yiz Siz → -sınız / -siniz	
			*Onlar → malılar mı / -meliler mi	

ver-
vermeli miyim
vermeli misin
vermeli mi
vermeli miyiz
vermeli misiniz
vermeliler mi

çalış-
çalışmalı mıyım
çalışmalı mısın
çalışmalı mı
çalışmalı mıyız
çalışmalı mısınız
çalışmalılar mı

sor-
sormalı mıyım
sormalı mısın
sormalı mıı
sormalı mıyız
sormalı mısınız
sormalılar mı

gül-
gülmeli miyim
gülmeli misin
gülmeli mi
gülmeli miyiz
gülmeli misiniz
gülmeliler mi

A. Örnekteki gibi yapın. 請依照範例練習。

Örnek: Bugün bütün işleri bitir_____ _____?
Bugün bütün işleri bitirmeli miyim?

1. Yarınki toplantıya (biz) katıl_____ _____?
2. (ben) Bu dosyaya da imza at_____ _____?
3. Doktor Bey! (biz) Yarın mutlaka hastaneye gel_____ _____?
4. Dün çok az uyumuş. (ben) Onu kaldır_____ _____?
5. Çok kötü öksürüyorum. Dondurma ye_____ _____?
6. Paramız bitmek üzere. Onu bugün (sen) al_____ _____?
7. Zaten son günlerde çok üzgün. (biz) Bu kara haberi hemen ver_____ _____?
8. Annemin kızmaması için (ben) yalan söyle_____ _____?

B. Örnekteki gibi soruları cevaplayın. 請依照例句回答問題。

Örnek: Eşiniz çok hızlı araba kullanıyor. Ona ne dersiniz?
Arabayı hızlı kullanmamalısın.

1. Öğretmen ders anlatıyor, ama Furkan ders dinlemiyor, konuşuyor. (Furkan'a ne söylemelisiniz?)

_____

2. Murat çok hasta. Ama doktora gitmek istemiyor. (Ona ne söylemelisiniz?)

_____

3. Oda arkadaşın toplantıya gidecek. Ama hâlâ yatıyor. (Ona ne söylemelisiniz?)

_____

4. Hava yağmurlu. Annen alışverişe çıkacak. (Ona ne söylemelisiniz?)

_____

C. Eşleştirin. 請配對。

Annemize	ellerimizi yıkamalıyız.
Yemekten sonra	gürültü yapmamalısın.
Kütüphanede	konuşmamalıyız.
Sınıfta gereksiz yere	dişlerimizi fırçalamalıyız.
Yemek yemeden	ütülemeli miyim?
Gömleğimi	yardımcı olmalı mıyız?

D. Dinleyin, tümceleri tamamlayın.

請聆聽音檔後完成句子。 MP3-18

Dogum Günü Hazırlıkları

düşünmek almak gitmek vermek temizlemek yapmak

Bu akşam erkenden eve _____ ve evimi _____ . Çünkü yarın benim doğum günüm ve birçok arkadaşım evime gelecek. Eve gitmeden önce markete gidip alışveriş _____ . Ayrıca pastaneye gidip yaş pasta ve mum _____ . Bazı samimi arkadaşlarımın doğum günümden haberleri yok. Onlara da telefon edip haber _____ . Arkadaşlarım için hangi yemekleri hazırlayacağımı bilmiyorum, ama bunu iyice _____ . Çünkü yemek hazırlamak kolay değil ve çok zamanımı alacak.

🔍 Gereklilik Kipinin Hikâyesi (-malıydı, -meliydi) 必須 - 確實過去複合時態

💡 此複合時態表達某人過去應做而未做（或不應做而做了）的事情。需要先墊y再加上確實過去式字尾 -dı, -di，例如：

Bu sabah işe geç kaldım, daha erken kalkmalıydım.

Şimdi çok pişman oldum, onu dinlememeliydim.

Ayıp oldu, davetini kabul etmeli miydik?

ver-	çalış-ma-	sor-	gül-me-
ver**meliydi**m	çalış**mamalıydı**m	sor**malıydı**m	gül**memeliydi**m
ver**meliydi**n	çalış**mamalıydı**n	sor**malıydı**n	gül**memeliydi**n
ver**meliydi**	çalış**mamalıydı**	sor**malıydı**	gül**memeliydi**
ver**meliydi**k	çalış**mamalıydı**k	sor**malıydı**k	gül**memeliydi**k
ver**meliydi**niz	çalış**mamalıydı**nız	sor**malıydı**nız	gül**memeliydi**niz
ver**meli**ler**di**	çalış**mamalı**lar**dı**	sor**malı**lar**dı**	gül**memeli**ler**di**

Gereklilik Kipinin Hikâyesi (Soru) 必須 - 確實過去複合時態疑問

	ver-	sorma-
Ben	Ver**meli miydi**m?	Sor**mamalı mıydı**m?
Sen	Ver**meli miydi**n?	Sor**mamalı mıydı**n?
O	Ver**meli miydi**?	Sor**mamalı mıydı**?
Biz	Ver**meli miydi**k?	Sor**mamalı mıydı**k?
Siz	Ver**meli miydi**niz?	Sor**mamalı mıydı**nız?
Onlar	Ver**meli**ler **miydi**?	Sor**mamalı**lar **mıydı**?

A. Cümleleri gereklilik kipinin hikâyesine çevirin.

請將句子改為必須 - 確實過去複合時態。

1. Çabuk iyileşmek için ilaçları düzenli içmelisin.

_____

2. Sınavda kopya çekmemelisin.

_____

3. Bu işi iki gün içinde bitirmelisin.

_____

4. Arkadaşlarına kötü şakalar yaparak eğlenmemelisin.

_____

B. Örnekteki gibi yapın. 請依照範例練習。

Örnek: Bana daha önce gerçekleri söyle_____ .

Bana daha önce gerçekleri söylemeliydiniz.

1. Neden gitmedin? O senin son şansındı, git_____ .

2. Ağla_____, ama kendimi tutamadım, ağladım.

3. İş işten geçti. Önceden (sen) bunları düşün_____ .

4. Zamanında bunu yap_____ . Maalesef geciktim, şimdi daha çok çalışmak zorunda kaldım.

5. Terliyken soğuk su iç_____ . Şimdi öksürüyorsun.

6. Bu sabah erken kalk_____ . Geç kalktığım için derse geç kaldım.

7. Sence annemi dinle_____ _____?

8. Hâlâ emin değilim. Acaba ablamla konuşarak anlaş_____ _____?

C. Cümleleri verilen fiillerle tamamlayınız.
請用提供的動詞完成句子。

gel- / yıka- / sula- / yap- / al- / çöz-

1. Çiçekleri (sen) _____ . Hepsi kurumuş.

2. Bu soruyu _____ . Senin için çok kolaydı.

3. Meyveleri yemeden önce _____ . O zaman hastalanmazdın.

4. (biz) Daha erken _____ . Banka 5 dakika önce kapanmış.

5. Onu _____ . Şimdi param yetmiyor.

6. Soğuk havada maç _____ . Hepiniz soğuk almışsınız.

🔍 Gereklilik Kipinin Rivayeti (-malıymış, -meliymiş) 必須 - 傳說過去複合時態

☀ 此複合時態表達他人轉述的、某人過去應做而未做（或不應做而做了）的事情，或者是他人轉述的、某人（包括自己）目前應做（或不該做）的事情。傳說過去式前需要先墊y，
例如：Osman "Daha erken gelmeliydim." dedi. → Osman daha erken gelmeliymiş.
Füsun bana "Yarınki toplantıya katılmalısın." dedi.
→ Füsun'un dediğine göre yarınki toplantıya katılmalıymışım.
Sence de kardeşim sözümü dinleyip zamanında para biriktirmeli miymiş?

çalış-	gül-me-
çalış**malıymış**ım	gül**memeliymiş**im
çalış**malıymış**sın	gül**memeliymiş**sin
çalış**malıymış**	gül**memeliymiş**
çalış**malıymış**ız	gül**memeliymiş**iz
çalış**malıymış**sınız	gül**memeliymiş**siniz
çalış**malı**larmış	gül**memeli**lermiş

Gereklilik Kipinin Rivayeti (Soru) 必須 - 傳說過去複合時態疑問句

	ver-	sorma-
Ben	Ver**meli miymiş**im?	Sor**mamalı mıymış**ım?
Sen	Ver**meli miymiş**sin?	Sor**mamalı mıymış**sın?
O	Ver**meli miymiş**?	Sor**mamalı mıymış**?
Biz	Ver**meli miymiş**iz?	Sor**mamalı mıymış**ız?
Siz	Ver**meli miymiş**siniz?	Sor**mamalı mıymış**sınız?
Onlar	Ver**meli**ler **miymiş**?	Sor**mamalı**lar **mıymış**?

A. Örnekteki gibi yapın. 請依照範例練習。

Örnek: 30. sayfaya kadar tüm alıştırmaları yap＿＿＿＿＿＿ .

　　30. sayfaya kadar tüm alıştırmaları yapmalıymışız.

1. Ekonomik krizden çıkmak için herkes hükümete yardımcı ol＿＿＿＿＿＿ .

2. Annem not bırakmış. Evde yiyecek kalmamış, pazara gidip alışveriş yap＿＿＿＿＿＿ .

3. Onun söyledikleri doğru değilmiş, (biz) ona inan＿＿＿＿＿＿ .

4. Burada sigara içmek yasakmış ve burada sigara iç＿＿＿＿＿＿ .

B. Eşleştirin. 請配對。

1. Şampiyon olmak için bu maçı   (   )   A. olmalıymışız

2. Bu ülkede yabancılar pasaportsuz (   )   B. almalımışım

3. Tabağımızdaki yemeğin hepsini   (   )   C. sürmeliymişsin

4. Gece arabayı daha yavaş   (   )   D. okumalıymışız

5. Daha güzel yazmak için kitap   (   )   E. bitirmeliymişiz

6. Buraya girmek için önce üye   (   )   F. kazanmalılarmış

7. Hastaneden çıkmak için tamamıyla (   )   G. dolaşmamalılarmış

8. Anneme göre yanıma biraz para   (   )   H. iyileşmeliymiş

C. Cümleleri gereklilik kipinin rivayeti ile tamamlayın.

請使用必須 - 傳說過去複合時態完成句子。

çağır- / otur- / kapat- / iç- / çalış- / kalk-

1. Yarın sabah erken _____ _____? (biz)

2. Her gün (ben) bu ilaçtan bir tane _____ _____?

3. Kapıyı açmak için çilingir _____ . (siz)

4. Ailemiz, milletimiz ve vatanımız için _____ .

5. Televizyon seyrederken yakından _____ . (sen)

6. Evden çıkmadan önce evdeki tüm pencereleri _____ . (ben)

🔍 Gereklilik Belirten Diğer Cümle Kalıpları 其他表示「必須」、「應該」語意的句型

💬 Eylem-mak / mek　lazım / gerek / gerekli
泛指所有人都適用、都必須做（某事）

例如：Çalışmak lazım. / Bir günde 8 saat uyumak gerek.

A. Örnekteki gibi yapın. 請依照範例練習。

Örnek: Otobüse binmek için bilet al_____ _____ .

*Otobüse binmek için bilet al*mak lazım / gerek*.*

1. Erken kalkmak için erken yat_____ _____ .

2. Zengin olmak için çok çalış_____ _____ .

3. Kültürlü olmak için kitap oku_____ _____ .

4. Cevap vermek için biraz düşün_____ _____ .

💬 Eylem-ma / me - iyelik ekleri　lazım / gerek / gerekli
Eylem-ma / me - iyelik ekleri　gerek - zaman ekleri
透過人稱所屬格表達特定對象的某人必須做（某事）

☀ Gitmeliyim.（我該走了；我該告辭了）這句話也可以寫成 (Benim) gitmem lazım. 或 (Benim) gitmem gerek. 而動詞 gerekmek 可依情境改變時態，因此可以有 gerekiyor, gerekir, gerekecek, gerekmiş, gerekiyordu, gerekiyormuş, gerekecekmiş 等不同變化。

Benim gitmem lazım. / gerek.	Bizim gitmemiz lazım. / gerek.
Senin gitmen lazım. / gerek.	Sizin gitmeniz lazım. / gerek.
Onun gitmesi lazım. / gerek.	Onların gitmeleri lazım. / gerek.

B. Örnekteki gibi yapın. 請依照範例練習。

Örnek: Bugün tüm ödevlerimi bitir_____ _____ .

*Bugün tüm ödevlerimi bitir*mem lazım / gerek*.*

1. Uykusuz görünüyorsun. Senin hemen yat_____ _____ .

2. Acele etmeyelim. Sabırlı ol_____ _____ .

3. Çok yorgunum, hemen yat_____ _____ .

4. Çok geç kaldım, hemen çık_____ _____ .

C. Örnekteki gibi yapın. 請依照範例練習。

Örnek: Tek başıma bu masayı taşıyamam. Bana yardım et_____ .

*Tek başıma bu masayı taşıyamam. Bana yardım et*men lazım / gerek*.*

1. Her insanın günde iki litre su iç_____ _____ .

2. Sıranız henüz gelmedi, biraz daha bekle_____ _____ .

3. Yarın sabah toplantım var. Bu raporu sabaha kadar bitir_____ _____ .

4. Aileniz için çok çalış_____ _____ .

5. Doktor bey, hemen aşağıya gel_____ _____ . Çok acil bir hasta var!

☀ 否定語意的表達如下列例句所示，在 **lazım** 和 **gerekli** 之後加上 **değil** 即可。

Senin yardım etmen **lazım değil**. / Senin yardım etmen **gerekli değil**.

= Senin yardım etmen **gerekmiyor**.

☀ 否定語意的 **lazım değil** 和 **gerekli değil** 後可再加接確實過去式或傳說過去式型態。

Bizim yardım etmemiz **lazım değildi**. / Bizim yardım etmemiz **gerekli değildi**.

= Bizim yardım etmemiz **gerekmedi**.

Onun yardım etmesi **lazım değilmiş**. / Onun yardım etmesi **gerekli değilmiş**.

= Onun yardım etmesi **gerekmemiş**.

💬 表達「義務」、「不得不……」語意的句型

1. Eylem-maya / meye   mecbur + kişi eki;

Eylem-maya / meye   mecbur değil + kişi eki
Yarınki toplantıya **katılmaya mecbur**uz. (/ **katılmak zorunda**yız.)
Aç değilsen sofraya **oturmaya mecbur değil**sin. (/ **oturmak zorunda değil**sin.)

2. Eylem-mak / mek   mecburiyetinde + kişi eki
= Eylem-mak / mek   zorunda + kişi eki
Metroya binmek için sıraya **girmek mecburiyetinde**yiz. (/ **girmek zorunda**yız).
Seni duyuyoruz. **Bağırmak mecburiyetinde değil**sin. (/ **Bağırmak zorunda değil**sin).

3. Eylem-mak / mek   zorunda + kişi eki
Siz **okumak zorunda**sınız.
Temizlik **yapmak zorunda**yım.

4. Eylem-mak / mek   zorunda değil + kişi eki
Seni **dinlemek zorunda değil**im.
Yarın tatil, **çalışmak zorunda değil**iz.

5. Eylem-mak / mek   zorunda kal - zaman ekleri - kişi eki
Hemen hastaneye **gitmem gerek**iyordu. Taksiye **binmek zorunda kal**dım.

☀ 表達義務語意的句型也可以和確實過去式或傳說過去式連用，為「某人（當時）不得不……」的涵義，例如：Dinle**mek zorunda değildi**m 或 **Dinlemek zorunda değilmiş**im.

A. Örnekteki gibi yapın. 請依照範例練習。

Örnek: Ona güven_____ _____ .

Ona güvenmek zorundayız / **güven**mek mecburiyetindeyiz / **güven**meye mecburuz.

1. Özür dilerim, hemen git_____ _____ .

2. Benim arkadaşım, ona yardım et_____ _____ .

3. (biz) Hastanelerde sessiz ol_____ _____ .

4. Ayakkabılarım eskidi, yeni bir çift ayakkabı al_____ _____ .

B. Eşleştirin. 請配對。

( ) 1. Parasızlık yüzünden okulu
( ) 2. Başka çaresi yoktu. Sonunda evet
( ) 3. Tek başıma evi
( ) 4. Herkes konuşunca ben
( ) 5. Son otobüsü kaçırınca saatlerce

A. temizlemek zorunda kaldım.
B. susmak zorunda kaldım.
C. yürümek zorunda kaldık.
D. bırakmak zorunda kalmış.
E. demek zorunda kaldı.

-Dır Eki 表達「明確」或「推測」意味的 -Dır 詞綴

Diyalog O Şimdi Nasıldır? `MP3-19`

Ayşe   : Sen eski arkadaşlarını görüyor musun?

Zeynep : Görmüyorum, ama çok merak ediyorum. Acaba şimdi nasıllardır? Ne yapıyorlardır?

Ayşe   : Mesela kimi çok merak ediyorsun? İstersen bir tahmin yürütelim. Sence eski erkek arkadaşın evlenmiş midir?

Zeynep : Bilmem. Belki evlenmiştir, belki çocukları bile olmuştur. Uzun zaman oldu.

Ayşe   : Peki sence güzel bir iş bulmuş mudur? Okulu yıllar önce bitirdi.

Zeynep : Bence mutlaka iş bulmuş, çalışıyordur; ama işi iyi mi kötü mü bilmem.

Ayşe   : Sence şimdi nerededir?

Zeynep : Bence o yurt dışındadır. Biliyorsun hep yurt dışına gitmeyi hayal ediyordu.

Ayşe   : Seni merak ediyor mudur?

Zeynep : Sanmam, beni merak etmiyordur. Çünkü ben de onu merak etmiyorum.

Ayşe   : Ama seni çok seviyordu. Bir gün mutlaka pişman olacaktır. Seni arayacaktır.

Zeynep : Bence beni çoktan unutmuştur.

A. Aşağıdaki soruları cevaplayın. 請回答問題。

1. Ayşe Zeynep'e ne soruyor?

_____

2. Ayşe'ye göre Zeynep en çok kimi merak ediyor?

_____

3. Ayşe'ye göre kim pişman olacaktır? Niçin?

_____

B. Okuyun ve soruları cevaplayın.   請閱讀並回答問題。

Teknoloji

Teknolojinin insan hayatına yerleşmesiyle birçok şey değişti. Değişimin iki yönü var. Birinci yönü olumludur. İkinci yönü olumsuzdur. Birinci yönüne öncelik verilmelidir. Yani olumlu yönü ön plana çıkmak zorundadır. Olumsuz yönünü söylemeye gerek var mı bilmiyorum. Ama siz de

biliyorsunuz ki artık insanlar arasında eskisi gibi ilişkiler sıcak, samimi ve içten değil. Yani aynı apartmanda iki komşu birbirlerini tanımıyor, hatta birbirlerine selam bile vermiyorlar. Sizce komşuluk ilişkileri böyle mi olmalı? Bunlardan başka çevre kirliliği, arabaların gürültüsü, denizlerin kirlenmesi, canlıların yavaş yavaş yok olması ve önemli hastalıklar, teknoloji çağının önemli sorunlarıdır.

İnsanların sayısı her geçen gün artmaktadır. Bunun sonuncuda ise yeni yeni ihtiyaçlar doğmaktadır. İhtiyaçları karşılamak için de daha fazla üretmek gerekmektedir. Böyle olunca da üretmek için doğal kaynakları daha fazla tüketmek zorunda kalıyoruz. Bu nedenle sınırlı ve az kaynaklar büyük bir hızla yok olmaktadır. Onun için yakın bir gelecekte insanlar yeni yeni kaynaklar aramak zorunda kalacaklardır.

1. Teknolojinin insan yaşamına olumlu etkileri nelerdir?

_____

2. Teknolojinin olumsuz yönleri nelerdir?

_____

3. Niçin doğal kaynaklar yok olmaktadır?

_____

👥 isim / sıfat (3. tekil kişi) – dır, dir, dur, dür, tır, tir, tur, tür
放在名詞句之後作為字尾動詞，表示「無庸置疑」語意。

Türkiye Cumhuriyeti'nin ilk cumhurbaşkanı Atatürk'**tür**.

Çin Cumhuriyeti'nin kurucusu, yüce liderimiz, Dr. Sun Yat-sen'in doğum tarihi 12 Kasım 1866'**dır**.

Sigara içmek yasak**tır**.

Bu ev satılık**tır**.

👥 isim / sıfat - kişi eki - dır, dir, dur, dür, tır, tir, tur, tür
名詞句人稱字尾動詞之後加上 **-dir** 表「推測」語意。

Dışarıdayken beni bir kız aramış, belki Ayşe'**dir**.

Böyle lüks bir arabanın sahibi mutlaka çok zengin**dir**.

Bence sen de ablan gibi çok çalışkan ve başarılı bir öğrencisin**dir**.

Dönem sonu sınavları yaklaşıyor. Herhâlde çok yoğunsunuz**dur**.

👥 Eylem - makta, mekte / mış, miş, muş, müş / (y)acak, (y)ecek - dır, dir / tır, tir, tur, tür / tır, tir
放在動詞句之後，表「明確、無庸置疑」語意，多用於告示性文字。

Şu anda tayfun Tayvan'a saatte 200 km hızla yaklaş**maktadır**.

Sezon sonu indirimleri başla**mıştır**.

2028'deki Yaz Olimpiyatları Los Angeles'ta yapıl**acaktır**.

👥 Eylem - ıyor, iyor, uyor, üyor / mış, miş, muş, müş / (y)acak, (y)ecek - kişi eki - dur / dır, dir, dur, dür, tır, tir, tur, tür / dır, dir, tır, tir
動詞句人稱字尾之後表「推測」語意。

Ayşe şimdi evde çay iç**iyordur**.

Eminim sen de şu anda aynı şeyi düşün**üyorsundur**.

Uçak şimdi Amerika'ya var**mıştır**.

Siz sınavı geç**mişsinizdir**.

Ali herhâlde beş dakika sonra burada ol**acaktır**.

Bence bu soruyu Çiğdem bil**ecektir**.

A. Lütfen aşağıdaki boşlukları doldurun. 請填空。

1. Belki kazadan sağ çık_____ .

2. Ege onun oğlu_____ .

3. Sınıfın en güzel kızı Yağmur_____ .

4. Meriç iki yıldır İngilizce kursuna gidiyor. Şimdi İngilizceyi öğren_____ .

5. Annem şimdi beni düşün_____ .

6. Ege Üniversitesi'nde gelecek hafta uluslararası bir konferans düzenlen_____ .

7. Dünya nüfusu her geçen gün art_____ .

8. Zeynep evde değil, belki sinemaya git_____ .

9. İki saattir ders yapıyoruz, belki (siz) sıkıl_____ .

10. Saat geç oldu, belki uykun gel_____ .

11. Çok kaliteli bir ayakkabıya benziyor, mutlaka pahalı_____ .

12. Şimdiye kadar çoktan öl_____ .

13. Bence telefonumu Feridun çal_____ .

14. Onu hemen suçlama, belki seni duy_____ .

15. Karşı daireden çok gürültü gel_____ .

16. Bu iş burada bit_____ .

17. Biz internetle anında iletişim kur_____ .

18. Fazilet belki Jerry ile evlen_____ .

B. Dinleyin, tümceleri tamamlayın. 請聆聽音檔並填空。

Çağdaş Yaşam ve Sorunları

İnsanlık 21. yüzyıl yani teknoloji çağını

_____ . Her gün yeni ürünler piyasaya

_____ . Bu ürünler büyük ölçüde

insan yaşamını kolaylaştırmaktadır. Eskiden

bir yere gitmek için insanlar _____, _____

hatta _____ yolculuk yaparlardı. Şimdi

çağdaş taşıtlar kullanılmaktadır ve bu sayede

yollar _____ . Eskiden insanlar çamaşırları,

bulaşıkları elle yıkarlardı. Şimdi çamaşır makineleri, bulaşık makineleri insanlara hem

zaman kazandırmakta hem kolaylık _____ . Eskiden uzak bir yere bir mektup

göndermek haftalar, aylar almaktaydı. Şimdi telefonla, faksla, internetle anında iletişim

_____ .

İnsanların sayısı her geçen gün _____ . İnsanların ihtiyaçlarını karşılamak için

dünyanın kaynakları yeterli _____ . Büyük bir olasılıkla yakın bir gelecekte dünya

dışındaki gezegenlere kaynak bulmak için yolculuklar _____ .

C. Aşağıdaki soruları cevaplayın. 請回答下列問題。

1. İnsan yaşamını kolaylaştıran şeyler nelerdir?

_____

2. Eskiden iletişim ve ulaşım nasıl oluyordu?

_____

3. Sizce çağdaş yaşamın en büyük sorunları nelerdir? Kompozisyon şeklinde görüşünüzü
   açıklayın.

_____

🔍 -CA Yapım Eki -CA構詞詞綴

👤 接在人稱代名詞之後（表達個人想法）

Ben	→	Bence	→	Bana göre
Sen	→	Sence	→	Sana göre
O	→	-		**Ona göre**
Biz	→	Bizce	→	Bize göre
Siz	→	Sizce	→	Size göre
Onlar	→	-		**Onlara göre**

☀️ 人稱代名詞之後加 ca / ce

> ⚠️ 表達個人想法的，僅限 **bence, sence, bizce, sizce**；第三人稱需用 **ona göre** 和 **onlara göre**。

例如：**Bence** en güzel renk kırmızı. = **Bana göre** en güzel renk kırmızı.

☀️ 一般名詞（含人名）之後需加到格 a / e 再寫 göre。
例如： **Ali'ye göre** bu elbise pahalı.

☀️ ca / ce 通常不和複數名詞連用，需加到格 a / e 再寫 göre。
例如：**Araştırmacılara göre** küresel ısınma okyanuslara zarar vermektedir.
Bazı uzmanlara göre günde en az iki litre su içmemiz lazım.

👤 加在複數型之後表達多數概念

gün, hafta, ay, yıl...
on, yüz, bin, on bin, milyon...   +   -larca / lerce

例如：**Günlerce** hiçbir şey yapmadım.

Aylarca ondan haber bekledim.

Savaşta **binlerce** insan ölüyor.

Yeryüzünde **milyarlarca** insan yaşıyor.

bunca	=	bu kadar çok
onca	=	o kadar çok

例如：**Bunca** insan nerede kalacak. = **Bu kadar çok** insan nerede kalacak.

Onca zaman onu bekledim. = **O kadar çok** zaman onu bekledim.

🗨 形容詞後加上 -CA 可以轉為副詞

例如：Hırsız kapıyı **sessizce** açtı.

Türkçeyi **iyice** öğrendiniz.

Yemeği **güzelce** yedi.

Sorulara **akıllıca** cevap verdi.

🗨 名詞後加上 -CA 表示語言

例如：**Japonca** bilmiyorum.

Türkçe öğrenmek istiyorum.

Çince zor bir dil değildir.

Arapçayı çok az konuşuyorum.

🗨 名詞後加上 -CA 表達關聯

例如：Bana **dostça** önerilerde bulundu.

Ona **düşmanca** davrandılar.

Ekmeğimizi **kardeşçe** paylaştık.

Çocukça işler yapıyorsun.

🗨 名詞後加上 -CA 表達集體概念

例如：**Ailece** pikniğe gittik.

Toplumca sorunları ele almak gerekiyor.

Milletçe el ele zorlukları yendik.

Sınıfça bir pasta aldık, paylaştık.

☀ 有時也會看到加 -cek 型態

例如：aile**cek**, ev**cek**, köy**cek**...

🗨 形容詞後加上 -CA 表達縮小語意

例如：Kargodan **büyükçe** bir paket aldım.

İrice bir adam beni dövdü.

Çirkince bir etek aldı.

Sınıfımızda **güzelce** bir kız var.

A. -CA ekiyle tamamlayın. 請用 -CA 字尾填空。

1. Bugün on＿＿＿＿＿＿ alıştırma yaptık.

2. Hafta＿＿＿＿＿＿ ondan haber alamadım.

3. Sana dost＿＿＿＿＿＿ bir şey söylemek istiyorum.

4. Arap＿＿＿＿＿＿ bilmiyorum ama Fransız＿＿＿＿＿＿ biliyorum.

5. Ben＿＿＿＿＿＿ en iyi yiyecek balıktır. Ya sen＿＿＿＿＿＿?

6. Sen＿＿＿＿＿＿ Türkiye nasıl?

B. -CA ekiyle tamamlayıp eşleştirin.　請用 -CA 字尾填空並配對。

milyon / yavaş / ben / güzel / saat / sessiz / arkadaş

1. Haydi şimdi git ve _____ uyu.

2. Seni _____ beklemek zorunda değilim.

3. Ona _____ davrandım ama o anlamadı.

4. Hırsız içeri _____ girmiş ve tüm eşyaları çalmış.

5. Belini incitmemek için koltuktan _____ kalkman gerek.

6. _____ İzmir çok pahalı bir şehir.

7. Afrika'da _____ insan aç kaldı.

C. Eşleştirin.　請配對。

1. Yarın hafta sonu; biz ( )　　　　　　A. yardım etmeniz gerekiyor.

2. Misafirler eve gelecek, iyi ( )　　　　B. mecburiyetinde miymişim?

3. Bunu tek başıma taşıyamam. Bana ( )　C. gerek.

4. Ben de yarınki toplantıya katılmak ( )　D. ağırlamamız lazım.

5. Onları yalnız bırakmamak ( )　　　　E. oturmaya mecbur değilsin.

6. Amcam şeker hastası. Yiyeceklerine ( )　F. çalışmak zorunda değiliz.

7. Pikniğe gitmemek için Ali'ye yalan ( )　G. söylemek zorunda kaldım.

8. Tokmuşsun. O zaman sofraya ( )　　　H. dikkat etmesi gerekiyor.

D. Örnekteki gibi yapın.　請依照範例練習。

*Örnek: **Vakit geç olmuş. Gitmeliyim.**（改為 zorunda 句型）*
　　　　Vakit geç olmuş. Gitmek zorundayım.

1. Böyle yüksek sesle konuşmalı mısınız?（改為 mecbur 句型）

_____

2. Sporcular oyunu kuralına göre oynamalı.（改為 gerek- 句型）

_____

3. Çocukların yanında sözlerimize dikkat etmeliyiz.（改為 gerek- 句型）

_____

4. Hep geç geliyorsun. Artık zamanında gelmeyi öğrenmelisin.（改為 mecbur 句型）

_____

5. Bugünlerde hava aniden soğuyor. Sağlığımız için hepimiz dikkatle giyinmeliyiz.
（改為 mecburiyetinde 句型）

_____

6. Sınava hazırlanmak için bu kitabı okumalısınız.（改為 zorunda 句型）

_____

E. Cümleleri uygun biçimde tamamlayın.

請填上合適的詞彙以完成句子。

1. Çok başarılı olmak için çok çalışmamız _____

2. Çok işi varmış. Şimdi git_____

3. Daha iyi Türkçe konuşabilmek için biz neler yap_____?

4. Memleketine ne zaman dön_____ gerekiyor?

5. Ben onun odasını toparla_____ mecbur _____

6. Saçların çok uzamış. Bence kuaföre gidip kestir_____

F. Cümleleri uygun biçimde tamamlayın.

請填上合適的詞彙以完成句子。

1. Ben_____ mavi sana yakışıyor. Ya sen_____?

2. Nihayet evleniyor. Yıl_____ bu anı beklemiş.

3. Odamda büyük_____ bir masa, masamda ise küçük_____ bir raf var.

4. Araştırmacılar_____ bu hastalığı yenmek için iyi beslenmek ve düzenli spor yapmak
gerekiyormuş.

5. Bu_____ yoğunluk arasında bize zaman ayırdığın için çok teşekkür ederiz.

6. Bilim adamları_____ _____ iklim değişikliği günden güne hayatlarımızı
olumsuz etkilemektedir.

7. A: Hangi dilleri biliyorsun?

   B: Türk_____ , Çin_____ ve Alman_____ .

8. Bu konuyu bize kısa_____ açıklar mısınız?

9. Ne kadar korkunç bir kaza! On_____ kişi ölmüş, yüz_____ kişi de yaralanmış.
   Allah kimseye göstermesin!

10. Neden böyle çocuk_____ davranıyorsun? Biraz daha olgun olamaz mısın?

🔍 Hatırlayalım 回顧

A. İnternetten aşağıdaki şarkıyı dinleyerek söylemeyi öğrenin. 請從網路上聆聽以下歌曲並學唱。

Tarkan - Unutmamalı

Unuttu dediler

Hiç sevmedi dediler

Gücendim yar

Yalanmış dediler

Bir anlıkmış dediler

Kırıldım yar

Aldatıyor dediler

Aldırmıyor dediler

Yıkıldım yar

Deli gibi yürekten sevmeli

Uğruna dünyaları vermeli

İncitmemeli sevenleri

Değerlerini bilmeli

Unutmamalı o güzel günleri

Anılarla gönülleri hoş tutmalı avutabilmeli

Hatırlamalı, sevgiyle anmalı

Ümitlerle yarınları hoş tutmalı, ayırmamalı

B. Okuyun ve cevaplayın. 請閱讀並回答問題。

Öğrenci Evi Kuralları

• Başkalarını rahatsız etmemek için gece 11'den sonra gürültü yapmamalıyız.

• Ayakkabılarımızı kapı önlerine düzenli olarak bırakmalıyız.

• Odamızı her zaman temiz tutmalıyız.

• Dışarı çıkmadan önce ışıkları söndürmeli ve muslukları kapatmalıyız.

• Lavabo ve klozete bez, plastik ve peçete gibi atıkları atmamalıyız.

• Ziyaretçileriniz varsa en geç gece 10'dan önce öğrenci evimizden ayrılmalı.

Öğrenci evinde kaldığımız sürece yukarıdaki kurallara uymak zorundayız.

Evinizde de herkesin uyması gereken kurallar var mı? Onları yazmaya çalışın.

_____

_____

_____

_____

C. Gülmeceyi okuyun. 請閱讀詼諧小品一則。

Trafik Kazası

Temel kamyonuyla dik bir yokuştan süratle inerken birden kamyonun freni patlamış. Telaşla kamyonu nereye süreceğini düşünürken sağında kalabalık bir pazar yeri görmüş. Kamyonu o tarafa sürersem yüzlerce kişi ölür diye düşünürken sol tarafında da boş bir inşaat ve önünde top oynayan küçük bir çocuk fark etmiş. Bir çocuğun kaybı, yüzlerce kişiyi öldürmekten daha iyidir. Allah'ım, beni affet diyerek kamyonu o tarafa çevirmiş.

Ertesi gün, gazetelerde manşet: "Pazara dalan kamyon 120 kişiyi biçti!" Hastanede yatan Temel'e olayı araştıran komiser;

- Oğlum, olay nasıl oldu? Anlat bakalım, demiş. Temel de hâlâ şaşkın,

- Amirim, her şey o ufak çocuğun pazar yerine doğru kaçmasıyla başladı.

NOTE

GEÇMİŞE DÖNEBİLSEYDİK NE GÜZEL OLURDU

我們若能回到過去那就太好了

5 GEÇMİŞE DÖNEBİLSEYDİK NE GÜZEL OLURDU

Diyalog Son Pişmanlık Fayda Etmez `MP3-21`

Meltem : Geçmiş olsun! Duyduğuma göre hastaymışsın.

Cenk : Sağ olasın. Evet, geçen hafta doktordaydım.

Meltem : Neyin var? Umarım büyük bir sorun yoktur.

Cenk : Bilmiyorum, ama doktorun söylediğine göre sorun büyükmüş, ameliyat olmam gerekmiş.

Meltem : Öyle mi? Keşke başka bir doktora daha muayene olsaydın.

Cenk : Öyle yapmayı çok isterdim. Maalesef başka bir doktora muayene için pek zamanım kalmadı. Eğer zaman kaybedersem hastalık ilerleyebilirmiş.

Meltem : Ameliyat tehlikeli mi? Risk oranı nedir, sordun mu?

Cenk : Sordum, her ameliyatta belli oranda risk varmış. Eğer her şey doktorun söylediği ve düşündüğü gibi olursa korkacak bir şey yokmuş. Bir hafta içinde taburcu olabilirmişim.

Meltem : Nasıl yani?

Cenk : Yani başka bir komplikasyon olmazsa ve hastanede enfeksiyon falan kapmazsam tehlikesiz bir ameliyatmış.

Meltem : Peki, hastalığının sebebini söyledi mi?

Cenk : Söyledi tabii. Stres, düzensiz beslenme, alkol ve sigaraya bağlı gelişen hastalık.

Meltem : Keşke o kadar alkol ve sigara tüketmeseydin.

Cenk : Keşke... Pişmanım, ama artık elden ne gelir.

Meltem : Yapabileceğim bir şey varsa söyle. Ne lazımsa yaparım.

Cenk : Teşekkür ederim. Dua edersen sevinirim.

Meltem : Dualarım seninle. Acil şifalar diliyorum. Ameliyattan sonra artık sigara ve alkolü bırak.

Cenk : Bıraktım bile.

A. Soruları cevaplayın. 請回答問題。

1. Cenk niçin hastalanmış?

_____

2. Hastaneden ne zaman çıkacak?

_____

3. Niçin başka doktora muayene olmuyor?

_____

Keşke

Herkes keşke en iyi ben olsam, keşke en zengin ben olsam, keşke en akıllı ben olsam, keşke en güçlü ben olsam diye düşünüyor. Gerçek hayatta "keşke" sözcüğünü kullanmadan yaşayan insan var mıdır? Aslında cevap çok basit: "Keşke öyle olsa!"

Genç insanlar "Keşke yapsam", "Keşke yapmak zorunda kalmasam" diye düşünürken yaşlı insanlar "Keşke yapmasaydım", "Keşke yapmak zorunda kalmasaydım" diye düşünürler. Gençlerde sınırsız bir istek ve enerji, yaşlılarda buruk bir pişmanlık durumu.

Büyükbabamla konuşurken bana hep öğütler verirdi. O zamanlar öğüt dinlemek pek istemezdim. Büyükbabam bana "Keşke zamanını boş geçirmesen", "Keşke biraz kitap okusan" dediği zaman ben de ona "Sen niye kitap okumuyorsun?" diye karşı çıkardım. O zaman büyükbabam bana "Keşke okuma yazma bilseydim", "Keşke babam beni okula gönderseydi" der, eski çocukluk dönemlerindeki sıkıntıları anlatırdı.

Aradan yıllar geçti. Büyükbabamın bana verdiği öğütleri şimdi ben kendi çocuklarıma veriyorum ve doğal olarak onlar da beni dinlemiyorlar. Sanırım şöyle düşünüyorlardır: "Çok konuşuyorsun. Keşke çok konuşmasan." Ben de şöyle düşünüyorum: "Keşke çocuklarım beni dinleseler de tecrübelerimden yararlansalar ve hayatta büyük hatalar yapmasalar, büyük pişmanlıklar duymasalar."

Keşke büyükbabam öğütler vermeye devam etseydi.

A. Soruları yanıtlayın. 請回答問題。

1. Herkes hayattan neler ister?

_____

2. Genç insanlar ile yaşlı insanların düşünceleri nasıldır?

_____

3. Büyükbabanın pişmanlığı nedir?

_____

4. Keşkesiz yaşayan insan var mıdır?

_____

🔍 **Dilek Kipi (-sa / -se) 祈求式**

- ☀ 祈求式表達目前我們未能實現的、希望在未來可以達成的心願或夢想。例如「但願我很有錢（該多好）。」這句話傳達了目前說話者並不富有以及他（她）要變富有的心願。

- ☀ 祈求式不得與時態字尾連用，若要連接第二個句子（表達第二個心願夢想）時需透過逗點或 "da / de" 連接詞（此處表語意漸進式的願望）。例如：Keşke param **olsa** da araba **alsa**m.（但願我有錢好讓我買車。）

Olumlu 肯定

Eylem	Dilek kipi olumlu eki	Kişi eki	
al-, çalış-, sor-, gül-, tut-, ver-, iç-, çöz-	-sa- -se-	Ben → -m　Biz → -k Sen → -n　Siz → -nız / -niz O → –　Onlar → -lar / -ler	

çalış-	tut-	iç-	çöz-
çalış**sa**m	tut**sa**m	iç**se**m	çöz**se**m
çalış**sa**n	tut**sa**n	iç**se**n	çöz**se**n
çalış**sa**	tut**sa**	iç**se**	çöz**se**
çalış**sa**k	tut**sa**k	iç**se**k	çöz**se**k
çalış**sa**nız	tut**sa**nız	iç**se**niz	çöz**se**niz
çalış**sa**lar	tut**sa**lar	iç**se**ler	çöz**se**ler

Olumsuz 否定

Eylem	Dilek kipi olumsuz eki	Kişi eki	
al-, çalış-, sor-, tut- ver-, iç-, çöz-, gül-	-masa- -mese-	Ben → -m　Biz → -k Sen → -n　Siz → -nız / -niz O → –　Onlar → - lar / -ler	

çalış-ma-	tut-ma-	iç-me-	çöz-me-
çalış**masa**m	tut**masa**m	iç**mese**m	çöz**mese**m
çalış**masa**n	tut**masa**n	iç**mese**n	çöz**mese**n
çalış**masa**	tut**masa**	iç**mese**	çöz**mese**
çalış**masa**k	tut**masa**k	iç**mese**k	çöz**mese**k
çalış**masa**nız	tut**masa**nız	iç**mese**niz	çöz**mese**niz
çalış**masa**lar	tut**masa**lar	iç**mese**ler	çöz**mese**ler

Soru 疑問

al-	ver-me-	sor-	gül-me-
al**sa**m **mı**	ver**mese**m **mi**	sor**sa**m **mı**	gül**mese**m **mi**
al**sa**n **mı**	ver**mese**n **mi**	sor**sa**n **mı**	gül**mese**n **mi**
al**sa mı**	ver**mese mi**	sor**sa mı**	gül**mese mi**
al**sa**k **mı**	ver**mese**k **mi**	sor**sa**k **mı**	gül**mese**k **mi**
al**sa**nız **mı**	ver**mese**niz **mi**	sor**sa**nız **mı**	gül**mese**niz **mi**
al**sa**lar **mı**	ver**mese**ler **mi**	sor**sa**lar **mı**	gül**mese**ler **mi**

Dilek Kipinin Hikâyesi (-saydı / -seydi) 祈求 - 確實過去複合時態

☀ 祈求式加上確實過去式表達動作發生之後的後悔（也可以說是「事與願違」而追悔）。例如：Keşke ödevimi yap**saydı**m.（但願我做了功課就好了。）傳達了沒做作業以及為此感到後悔的語意。

☀ 此句式（-sa / se之前）也不得加上時態字尾，而且第二個句子使用 "da / de" 連接詞連接，例如：Keşke ödevimi yapsaydım da teslim etme süresine yetiş**seydi**m.（但願我做了功課且趕上繳交期限就好了。）

Olumlu 肯定

Eylem	Dilek kipi hikâye olumlu	Kişi eki		
al-, çalış-, sor-, tut- ver-, iç-, çöz-, gül-	-saydı- -seydi-	Ben → -m Sen → -n O → –	Biz → - k Siz → - nız / -niz Onlar → - lar / -ler	

Olumsuz 否定

Eylem	Dilek kipi hikâye olumsuz	Kişi eki		
al-, çalış-, sor-, tut- ver-, iç-, çöz-, gül-	-masaydı- -meseydi-	Ben → -m Sen → -n O → –	Biz → -k Siz → -nız / -niz Onlar → -lar / -ler	

Soru 疑問

al-ma-	ver-	sor-ma-	gül-
al**masa mıydı**m	ver**se miydi**m	sor**masa mıydı**m	gül**se miydi**m
al**masa mıydı**n	ver**se miydi**n	sor**masa mıydı**n	gül**se miydi**n
al**masa mıydı**	ver**se miydi**	sor**masa mıydı**	gül**se miydi**
al**masa mıydı**k	ver**se miydi**k	sor**masa mıydı**k	gül**se miydi**k
al**masa mıydı**nız	ver**se miydi**niz	sor**masa mıydı**nız	gül**se miydi**niz
al**masa**lar **mıydı**	ver**se**ler **miydi**	sor**masa**lar **mıydı**	gül**se**ler **miydi**

A. Örnekteki gibi yapın. 請依照範例練習。

Örnek: Keşke 5 kilo daha ver_____ .

   *Keşke 5 kilo daha ver*sem. / ver*seydim.*

1. Keşke yarın tatil ol_____ .

2. Keşke çok zengin ol_____ .

3. Keşke sen de bizimle sinemaya gel_____ .

4. Keşke dünyada kardeşlik ve barış ol_____ .

5. Keşke babam bana yeni bir cep telefonu al_____ .

B. Örnekteki gibi yapın. 請依照範例練習。

Örnek: Yağmur yağmamak / pikniğe gitmek

Yağmur yağmasa da pikniğe gitsek. / Yağmur yağmasaydı da pikniğe gitseydik.

1. Türkiye'ye gitmek / tarihî yerleri görmek

_____

_____

2. Zengin olmak / dünya turuna çıkmak

_____

_____

3. Üniversiteyi bitirmek / işe başlamak

_____

_____

4. Ders olmamak / uyumak

_____

_____

5. Savaş olmamak / barış olmak

_____

_____

C. Hayalinizi ve isteklerinizi örnekteki gibi yazın.

請依照例句寫出您的 夢想與願望。

Örnek: Savaş istemiyorsunuz.

Keşke savaş olmasa.

1. Yeni bir cep telefonu istiyorsunuz.

_____

2. Tatile gitmek istiyorsunuz.

_____

3. İyi bir iş bulmak istiyorsunuz.

_____

4. Güzel bir insanla evlenmek istiyorsunuz.

_____

5. Zayıflamak istiyorsunuz.

_____

D. Ne istersiniz? Niçin?

您想要什麼？為什麼？

1. Bir kuş olsam _____

çünkü _____

2. Bir balık olsam _____

çünkü _____

3. Bir kelebek olsam _____

çünkü _____

4. Bir lider olsam _____

çünkü _____

5. Bir düşünür olsam _____

çünkü _____

Diyalog Sipariş [MP3-22]

Bülent : Dönüş tarihin belli oldu mu? Ne zaman gidiyorsun?

Aysun : Henüz belli değil, bilete bağlı. Bilet varsa, bilet bulursam, Temmuz'un ilk haftası gitmeyi düşünüyorum.

Bülent : Hazırlıklara başladın mı? Hediyeler aldın mı? Türkiye'den sipariş var mı?

Aysun : Olmaz mı? Elektronik cihazlar istiyorlar. Özellikle de telefon istiyorlar.

Bülent : Aldın mı?

Aysun : Henüz almadım, ama ucuzsa alacağım, pahalıysa almayacağım.

Bülent : Eğer eşyan azsa benim de bir kolim var, götürebilir misin?

Aysun : Eşyam çok, ama kolin küçükse götürürüm, büyükse kusura bakma, götüremem.

Bülent : Geçen hafta Oğuz gitti, bilseydim eşyamı onunla gönderirdim.

Aysun : Neyse sıkma canını, bir şeyler yaparız.

Bülent : Teşekkür ederim.

Aysun : Geçen gün birkaç hediye aldım. Ama memnun olmadım. Çok pahalılardı. İndirim yapmadılar. Zaten ben pazarlıktan falan anlamam.

Bülent : Bana niçin söylemedin? Söyleseydin beraber giderdik. Ben iyi pazarlık yaparım.

Aysun : Keşke söyleseydim de beraber gitseydik. Neyse henüz alışverişim bitmedi. Gelecek sefer beraber gideriz.

Bülent : Tamam, ne zaman istersen, nereye istersen gideriz.

Aysun : Teşekkür ederim.

A. Soruları cevaplayın. 請回答問題。

1. Aysun ne zaman Türkiye'ye gidiyor?

_____

2. Aysun telefon alacak mı?

_____

3. Koliyi götürecek mi? Ne şartla?

_____

🔍 **Şart Kipi 條件式**

☀ 條件式的型態與祈求式相同，而兩者最大的區別在於帶有 -sa, -se 加上人稱字尾的型態呈現出「條件子句」的功能，因此後頭必定還要加上主要子句，句意才算完整。條件式表達「（只要）在此情況或條件之下（與時間、外在情況如何無關），主要子句的動作就會發生」，例如：

Doğru dürüst **çalışsa**n başarırsın.

Param **olsa** yeni bir araba alacağım.

O **katılmasa** benim gitmem anlamsız olur.

Yardım **etmese**m onlar bu işi bitiremezler.

之所以稱之為「祈求條件式」，在於語意中同時含有說話者的心願在內，例如：

Akşam bize **gelse**niz birlikte yemek yeriz.

Hafta sonu pikniğe **gitmese**k, çünkü çok işim var.

請自行完成以下型態變化表格的填充。

Eylem-(ma / me) -sa / se - kişi eki, **ana cümle** 動詞句的條件式

	çalış-	tut-ma-	iç-	çöz-me-
Ben		tutmasam		
Sen				
O	çalışsa			
Biz			içsek	
Siz				
Onlar				çözmeseler

☀ 由於條件式中帶有 -sa / -se 型態的功能，條件副詞子句後面必定還要加上主要子句，故無疑問句型。

☀ 以 Ne zaman 或 Ne vakit開頭的條件子句，表示「無論何時只要……」的語意，意義與 -DIğI zaman, -IncA 動副詞相同。例如：

Ne vakit onu karşımda **görse**m sinirleniyorum. (Onu karşımda gördüğüm zaman / gördüğümde / görünce sinirleniyorum.)

Ne zaman ona telefon **etse**k evde bulamıyoruz. (Telefon ettiğimizde / ettiğimiz zaman onu evde bulamıyoruz.)

☀ 條件子句與 da, de 或 bile 連接詞連用且主要子句為寬廣式時，表達「即使、就算」的轉折語意。例如：

O **çalışsa da** başaramaz.

Benden özür **dilese bile** onu affetmem.

☀ 祈求條件式接連出現兩次的疊字型態，傳達像是「不可能是其他人」、「只會是他」、「最多就是那樣」的語意。例如Bu kompozisyonu yazsa yazsa Ayhan yazmıştır.為「這篇作文也就只可能是Ayhan寫的」、「這篇作文要嘛就是Ayhan寫的」之意。其他例子如下：

Gitse gitse 100 metre gitmiştir.

Kazansa kazansa 1000NT kazanmıştır.

Beklese beklese yarım saat bekler.

☀ 祈求條件式一肯定一否定並列再加上連接詞 da / de 時，可以表達「無論......都......」的語意。例如：

Sevsen de sevmesen de bunu yapmak zorundasın.

Katılsan da katılmasan da o geziye mutlaka gideceğim.

A. Eşleştirin. 請配對。

( )　1.　Zamanım _____ mutlaka sana yardım ederim

( )　2.　Toplantıya ben _____ sorun olur mu?

( )　3.　Türkiye'ye _____ onları ziyaret ederiz.

( )　4.　İlaçları düzenli _____ hızla iyileşirsiniz.

( )　5.　Onu bir daha _____ kolay kolay bırakmayacağım.

( )　6.　Tayvan'a tekrar _____ çok mutlu oluruz.

A.　gitsek

B.　içseniz

C.　görsem

D.　katılmasam

E.　gelseniz

F.　olsa

B. Örnekteki gibi yapın. 請依照範例練習。

Örnek: Babamdan izin al_____ ben de gideceğim.

Babamdan izin alırsam ben de gideceğim.

1. Bu kitabı oku_____ çok şey öğrenirsin.

2. Sana para ver_____ bana elma alabilir misin?

3. Eğer yerimde ol_____ ne yaparsın?

4. Siz gel_____ de gel_____ de biz gideceğiz.

5. Düşmanın karınca bile ol_____ onu küçük görme.

6. Eğer yağmur yağ_____ bütün bitkiler sararıp solar.

🔍 Ad Cümlesinde Şart　名詞句的條件式

Olumlu　Ad / sıfat -(y)sa / se - kişi eki
Olumsuz　Ad / sıfat değil-se- kişi eki

	hasta	güzel değil	yorgun	mutlu değil
Ben	hastaysam	güzel **değilse**m	yorgunsam	mutlu **değilse**m
Sen	hastaysan	güzel **değilse**n	yorgunsan	mutlu **değilse**n
O	hastaysa	güzel **değilse**	yorgunsa	mutlu **değilse**
Biz	hastaysak	güzel **değilse**k	yorgunsak	mutlu **değilse**k
Siz	hastaysanız	güzel **değilse**niz	yorgunsanız	mutlu **değilse**niz
Onlar	hastalarsa	güzel **değille**rse	yorgunlarsa	mutlu **değille**rse

Ad + DA -ysA - kişi eki
Olumlu Ad var - sa (- kişi eki)
Olumsuz Ad yok - sa (- kişi eki)

Örneğin:

Eğer **yorgunsan** odamda biraz uzanıp dinlenebilirsin.
Hava **güzel değilse** hemen dışarıya çıkma. Hava düzelene kadar bekleyebilirsin.
Murat **marketteyse** telefon edelim, bize de meyve alsın.
Şu anda zamanın **varsa** biraz konuşabilir miyiz?
İşin **yoksa** şahit ol, paran **çoksa** kefil ol.

A. Eşleştirin.　請配對。

(　) 1. Hava ___ bugün pikniğe çıkmayalım, başka gün gideriz.
(　) 2. Çalışma odası yeterince aydınlık ___ bir lamba daha yak.
(　) 3. Eğer ___ rejim ve spor yapmalısın.
(　) 4. Yarın dersin ___ bu gece erken yat da yarın erken kalk.
(　) 5. Toplantı saat ___ şimdiden hazırlanalım, geç kalmayalım.
(　) 6. Gideceğimiz yer ___ yürüyerek gidelim mi?
(　) 7. Karnınız ___ çalışmadan önce yemek yiyebilirsiniz.
(　) 8. Türk kahvesi ___ çay içeyim.

A. değilse
B. erkense
C. ondaysa
D. uzak değilse
E. kötüyse
F. yoksa
G. şişmansan
H. açsa

B. Örnekteki gibi yapın.　請依照範例練習。

Örnek: Yumurta taze_____ on tane almak isterim.

　　　Yumurta tazeyse on tane almak isterim.

1. Mehmet ofiste _____ nerede olabilir?

2. Şu anda okuduğun roman güzel_____ daha sonra ben de okuyabilir miyim?

3. Oda çok sıcak_____ klima çalıştırabiliriz.

4. Selma işte _____ mutlaka evdedir.

5. Yarın akşam evde_____ sana geleceğim.

6. Evde hiçbir şey _____ dışarıda yemek yiyelim mi?

🔍 Şart Birleşik Zamanı 條件式與時態的連用 (Eğer / Şayet fiil - zaman eki - şart kipi)

🔅 我們在動詞字根後面加上時態字尾、再加條件式的 -sa / -se，表達針對某個時間（過去、現在、未來）的條件假設，而此條件副詞子句仍然是主要子句動作是否發生的條件，最常用的時態字尾為寬廣式。此外，表達假設語氣的條件句也可以和連接詞 Eğer 或 Şayet（假如、如果）連用。

👤 Geniş Zamanın Şartı 寬廣 - 條件式

Eylem - r / ar / er / ır / ir / ur / ür / maz / mez - sa / se　kişi eki,　**ana cümle**

Ben çalış**ırsam** kazanırım. / kazanacağım.

Eğer düzenli spor yap**mazsan** daha sağlıklı olamazsın. / olamayacaksın.

👤 Şimdiki Zamanın Şartı 現在 - 條件式

Eylem-ıyor / iyor / uyor / üyor-sa - kişi eki,　**ana cümle**

Eğer sağlığını düşün**üyorsan** spor yap!

O gitmek iste**miyorsa** kalsın.

👤 Gelecek Zamanın Şartı 未來 - 條件式

Eylem-(y)acak / (y)ecek-sa / se - kişi eki,　**ana cümle**

Eğer o da pikniğe katıl**acaksa** haber vermek zorunda.

Siz yarın işe gitme**yecekseniz** bu akşam geç yatabilirsiniz.

👤 Belirli Geçmiş Zamanın Şartı 確實過去 - 條件式

Eylem-dı / -di / -du / dü / -tı / -ti / -tu / -tü-sa / se - kişi eki,　**ana cümle**

İşini bitir**diysen** dinlenebilirsin.

Formu doldur**duysanız** bana verip gidebilirsiniz.

👤 Belirsiz Geçmiş Zamanın Şartı 傳說過去 - 條件式

Eylem-mış / miş / muş / müş-sa / se - kişi eki,　**ana cümle**

Eğer istemeyerek onu üz**müşsem** özür dilerim.

Eğer soruyu tam çöz**ememişseniz** hocadan yardım istemelisiniz.

🔅 通常寬廣 - 條件式時，主要子句多為寬廣式或未來式，例如：

Eğer zengin ol**ursam** dünya turuna çıkarım. / dünya turuna çıkacağım.

🔅 若條件副詞子句為現在 - 條件式、未來 - 條件式、確實過去 - 條件式或傳說過去 - 條件式時，通常主要子句多與命令式、願望式或其他式連用，例如：

Eğer yağmur yağ**mıyorsa** pikniğe gidelim.

Kemal geziye katıl**mayacaksa** bize telefon etsin.

Eğer söz ver**diysen** sözünü yerine getirmelisin.

Kızım, mutfağa git ve bak. Yemek piş**mişse** ocağı söndür.

A. Eşleştirin. 請配對。

(　) 1. Bu yöreleri daha önce _____ çok beğenecektir.　　A. yapmışsa

(　) 2. Eğer _____ yarışa katılalım.　　B. yıkamazsak

(　) 3. Çocuğun ateşi _____ hemen hastaneye götür.　　C. olursa

(　) 4. Kendisi de aynı hatayı _____ seni anlayacaktır.　　D. geldiyse

(　) 5. Annen buna _____ bence ısrar etme, vazgeç.　　E. yükseldiyse

(　) 6. Ali sınıfa geç _____ öğretmenden özür dilesin.　　F. görmemişse

(　) 7. Meyveler yemeden önce _____ hasta olabiliriz.　　G. kızacaksa

(　) 8. Yarın hava güzel _____ pikniğe gidelim mi?　　H. kazanabileceksek

B. Aşağıdaki cümleleri verilen sözcüklerle tamamlayın.

請用提供的詞彙完成以下句子填充。

uyursak / bitirdilerse / geçiyorsa / güvenmiyorsan / yorulmazlarsa / gelirse / verdiysem / biriktiremezsek / anlamışsa / iyileşememişsen

1. Onlar ödevi _____ bilgisayarı kapatsınlar.

2. O _____ ben gezdiririm.

3. Karar _____ yaparım.

4. Eğer biraz _____ dinleniriz.

5. O her gün buradan _____ bugün de geçer.

6. Henüz _____ doktora tekrar gitmelisin.

7. Onlar _____ dinlenmezler.

8. Yeterince para _____ bu yıl yurt dışına gidemeyiz.

9. O yanlış _____ tekrar açıklayabilirim.

10. Eğer sen ona _____ dediklerini yapma.

C. Cümleleri örnekteki gibi birleştirin.

請將句子依照例句合併成一句。

Örnek: Yemekleri beğenmedin. / Yemek zorunda değilsin.

Yemekleri beğenmediysen yemek zorunda değilsin.

1. Dün gece erken yattı. / Bu sabah niçin geç kalktı?

_____

2. Geçen yıl tatile gittiniz. / Bu yıl gidemezsiniz.

_____

3. Teyzemler ev kiraladılar. / Bu hafta taşınacaklar.

_____

4. Bizi daha önce görmediler. / Tanıyamazlar.

_____

D. Boşlukları tamamlayın.

請填空。

Örnek: Zengin ol_____ dünyayı dolaşacağım.

Zengin olursam dünyayı dolaşacağım.

1. Spor yap_____ sağlıklı olursun

2. Sigara iç_____ ömrün kısa olur

3. Bana haber ver_____ çok sevinirim

4. Sana yardım et_____ işini çabuk bitirirsin

5. Bana inan_____ başka birine sor

E. Derler 他們說

1. Çok hızlı yaşa_____ "yavaş git" derler.

2. Yavaş yaşa_____ "ölü gibisin" derler.

3. Orta hâlli yaşa_____ "monotonsun" derler.

4. Gül_____ "ne gülüyor bu deli mi ne" derler.

5. Ağla_____ "bunalım" derler.

6. Susar dinle_____ "dilini mi yuttun" derler.

7. Konuş_____ "artık biraz sus" derler.

8. Çalış_____ "amele" derler.

9. Yat_____ "beleşçi" derler.

10. Kısacası derler de derler...

F. Eşleştirin ve örnekteki gibi şartlı cümle kurun.

請配對，並依照例句造出條件式句子。

> erken yatan / geç yatan / çok ders çalışan / inatçı olan /
> komik olan / geç anlayan / uysal olan / fiziği büyük olan kadın /
> fiziği büyük olan erkek / uslu olan çocuk / kurnaz olan

Örnek: Tavuk _____ (erken yatan) → Erken yatarsan tavuk derler.

1. Gece kuşu → _____

2. İnek → _____

3. Öküz → _____

4. Kedi → _____

5. Maymun → _____

6. At → _____

7. Kuzu → _____

8. Ayı → _____

9. Koyun → _____

10. Tilki → _____

🔍 Dilek-Şart Kipinin Hikâyesi 祈求條件 - 確實過去複合時態

☀ 此複合時態用於某人對已發生的事實表達其相反的心願，或事與願違的追悔。
例如：Keşke ders çalışsaydım. （事實是 Ders çalışamadım.）或是 Eğer sınıfımı geçseydim babam bana bisiklet alırdı. （事實是 Sınıfımı geçemedim. Babam bana bisiklet almadı.）

祈求條件 - 確實過去複合時態肯定

Eylem	Dilek kipi hikâye olumlu	Kişi eki		
al-, çalış-, sor-, tut- ver-, iç-, çöz-, gül-	-saydı- -seydi-	Ben → -m Sen → -n O → –	Biz → -k Siz → -nız / -niz Onlar → -lar / -ler	

祈求條件 - 確實過去複合時態否定

Eylem	Dilek kipi hikâye olumsuz	Kişi eki		
al-, çalış-, sor-, tut- ver-, iç-, çöz-, gül-	-masaydı- -meseydi-	Ben → -m Sen → -n O → –	Biz → -k Siz → -nız / -niz Onlar → -lar / -ler	

Dilek-Şart Kipinin Hikâyesi 祈求條件 - 確實過去複合時態

	Olumlu	Olumsuz	Olumlu Soru	Olumsuz Soru
Ben	gelseydim	gelmeseydim	gelse miydim	gelmese miydim
Sen	gelseydin	gelmeseydin	gelse miydin	gelmese miydin
O	gelseydi	gelmeseydi	gelse miydi	gelmese miydi
Biz	gelseydik	gelmeseydik	gelse miydik	gelmese miydik
Siz	gelseydiniz	gelmeseydiniz	gelse miydiniz	gelmese miydiniz
Onlar	gelselerdi	gelmeselerdi	gelseler miydi	gelmeseler miydi

☀ 此處若只表達與已發生事實相反的心願，則使用 Keşke 連接詞。若是兩個心願間具有層次關係，仍使用 da / de 連接詞連接起兩個心願。例如：Keşke hava böyle yağmurlu **olmasaydı** da pikniğe **gidebilseydik**. 。

☀ 另一種句型是加上複合時態的主要子句：
Dilek-Şart Kipinin Hikâyesi (-sAydı-), Gelecek Zamanın Hikâyesi (-(y)AcAktI / -mAyAcaktI)
Dilek-Şart Kipinin Hikâyesi (-sAydı-), Geniş Zamanın Hikâyesi (-()rdI / -mAzdı)

例如：Param **olsaydı** kendime yeni bir kazak al**acakt**ım. （事實是 Param yok. Kendime yeni bir kazak alamadım.）
Çalışsaydı kazan**ırdı**. （事實是 Çalışmadı ve sınavı kazanamadı.）
Bekleseydin onu gör**ürdü**n. （事實是 Beklemedin ve onu göremedin.）
Param **olsaydı** al**acakt**ım. （事實是 Param yoktu ve alamadım.）
Bir an önce **başlasaydın** çoktan bitir**irdi**n. （事實是 Başlamadın ve bitirmedin.）
Bunu önceden **bilseydim** boşuna çalış**mazdı**m. （事實是 Bilmedim ve boşuna çalıştım.）
Başta **söyleseydi**niz sizi saatlerce bekle**mezdi**k. （事實是 Söylemediniz ve saatlerce bekledik.）

A. Hayalinizi yazınız.

請寫下您的夢想。

1. Hangi yaşta olmak isterdin? Neden?

   _____

2. Hangi ülkede olmak isterdin? Neden?

   _____

3. Hangi çağda olmak isterdin? Neden?

   _____

4. Hangi mesleği yapmak isterdin? Neden?

   _____

5. Hangi enstrümanı çalmak isterdin?
   Neden?

   _____

6. Kiminle arkadaş olmak isterdin? Neden?

   _____

B. Dilek-Şart kipinin hikâyesi ile tamamlayın.

請用祈求 - 確實過去複合時態完成。

1. Keşke o filmi izle_____ .
2. Keşke ona yardım et_____ .
3. Keşke çok çalış_____ .
4. Keşke şişman ol_____ .
5. Keşke alkol ve sigara kullan_____ .

C. Pişmanlıklarınızı yazınız, örnekteki gibi yapın.

請依照範例，寫下您後悔的事情。

Örnek: Türkçe bölümüne girmediniz.

   Keşke Türkçe bölümüne girseydim.

1. Zengin değilsiniz.

   _____

2. Arkadaşınızı üzdünüz.

   _____

3. Ders çalışmadınız ve sınıfta kaldınız.

   _____

4. Geç yattınız ve derse geç kaldınız.

   _____

5. Evlendiniz ve pişmansınız.

   _____

D. Cümleleri "da, de" bağlacıyla birleştirin, hikâye hâline getirin.

請用 da, de 連接詞合併成一句，並使用祈求 - 確實過去複合時態。

Örnek: Rejim yapmak / şişman olmamak

　　　*Rejim yap*saydım da *şişman ol*masaydım.

1. Yağmur yağmamak / pikniğe gitmek

_____

2. Parası olmak / yardım etmek

_____

3. Partiye gitmek / stres atmak

_____

4. Zengin olmak / BMW almak

_____

5. Çalışmak / sınıfı geçmek

_____

🔍 Dilek-Şart Kipinin Rivayeti 祈求條件 - 傳說過去複合時態

☀ 此一複合時態表達聽說某人對於已發生事實相反的心願，或事與願違的追悔。例如：

Ali "Ders çalışsaydım başarılı olurdum." diyor. → Ali ders **çalışsaymış** başarılı olurmuş.

Pınar "Param olsaydı araba alacaktım." diyor. → Pınar, parası **olsaymış** araba alacakmış.

☀ 另外也可以用於轉述他人對於已經發生的情形的懊惱、後悔或是反思。例如：

Elif "Keşke sıcak bir çay olsaydı da içebilseydim." demiş. → Elif'in dediğine göre sıcak bir çay **olsaymış** da **içebilseymiş**.

Ali "Gitmeden önce onlara haber verse miydim?" diyor. → (Duyduğuma göre) Ali gitmeden önce onlara haber **verse miymiş**?

☀ 由於與傳說過去時態連用，語意變得過於迂迴曲折，平常還是以祈求 - 確實過去複合時態較為常用，此處僅附上肯定、否定、肯定疑問、否定疑問的表格作為參考。

Dilek-Şart Kipinin Rivayeti 祈求條件 - 傳說過去複合時態

	Olumlu	Olumsuz	Olumlu Soru	Olumsuz Soru
Ben	al**saymış**ım	al**masaymış**ım	al**sa mıymış**ım	al**masa mıymış**ım
Sen	al**saymış**sın	al**masaymış**sın	al**sa mıymış**sın	al**masa mıymış**sın
O	al**saymış**	al**masaymış**	al**sa mıymış**	al**masa mıymış**
Biz	al**saymış**ız	al**masaymış**ız	al**sa mıymış**ız	al**masa mıymış**ız
Siz	al**saymış**sınız	al**masaymış**sınız	al**sa mıymış**sınız	al**masa mıymış**sınız
Onlar	al**sa**lar**mış**	al**masa**lar**mış**	al**sa**lar **mıymış**	al**masa**lar **mıymış**

	Olumlu	Olumsuz	Olumlu Soru	Olumsuz Soru
Ben	iç**seymiş**im	iç**meseymiş**im	iç**se miymiş**im	iç**mese miymiş**im
Sen	iç**seymiş**sin	iç**meseymiş**sin	iç**se miymiş**sin	iç**mese miymiş**sin
O	iç**seymiş**	iç**meseymiş**	iç**se miymiş**	iç**mese miymiş**
Biz	iç**seymiş**iz	iç**meseymiş**iz	iç**se miymiş**iz	iç**mese miymiş**iz
Siz	iç**seymiş**siniz	iç**meseymiş**siniz	iç**se miymiş**siniz	iç**mese miymiş**siniz
Onlar	iç**se**ler**miş**	iç**mese**ler**miş**	iç**se**ler **miymiş**	iç**mese**ler **miymiş**

A. Eşleştirin. 請配對。

( ) 1. Geziye katılsaymışız, çok yerler _____ 　　A. kırılacakmış.

( ) 2. Çağırmasaymışız bize _____ 　　B. arayacakmışız.

( ) 3. Yanımıza telefon alsaymışız onları da _____ 　　C. almayacakmış.

( ) 4. Hızlı araba sürmeseymiş ceza _____ 　　D. affedecekmiş.

( ) 5. Dediklerini yapsaymışız başarılı _____ 　　E. görecekmişiz.

( ) 6. Babamdan özür dileseymişiz bizi _____ 　　F. olurmuşuz.

B. Cümleleri dilek-şart kipinin rivayetine çevirin.

請將句子改為祈求條件 - 傳說過去複合時態。

1. Lisedeyken daha çalışkan olsaydı okul birincisi olurdu.

_____

2. Bunu daha önce duysaydım ben de gelirdim.

_____

3. Türkiye'yi de gezseydiniz beğenirdiniz.

_____

4. Fransızca bilseydik onunla konuşabilirdik.

_____

5. Dün gece erken yatsaydı bu sabah okula geç kalmazdı.

_____

6. Zamanı olsaydı sana yardım ederdi.

_____

🔍 Alıştırmalar 練習

A. Aşağıdaki boşlukları dilek-şart kipiyle doldurunuz.

請以祈求條件式填空。

	içmek (olumlu)	korumak (olumsuz)	üzmek (olumlu soru)
Ben	*içsem*		
Sen			
O			
Biz			
Siz			
Onlar			

B. Doğru seçeneği işaretleyin. 請標示出正確選項。

1. Keşke daha çok zamanım _____ da çocuklarla beraber _____ .
   a. varsa / eğlensem
   b. olsa / oynayabilsem
   c. varsa / eğlenirim
   d. olsa / oynarım

2. Eviniz bu kadar geniş _____ o kadar çok eşyayı nereye _____?
   a. değilse / koyarsınız
   b. olmasa / koydunuz
   c. olmasaydı / koyardınız
   d. olmazsa / koyacaksınız

3. Eğer _____ biraz daha dolaşabilir miyiz?
   a. yorulmasan
   b. yorgun değilsen
   c. yorgun olmazsan
   d. yorgun olmasan

4. Hava serin olmuş. Artık klimayı _____?
   a. kapatmasak mı
   b. kapatsak mı
   c. kapatsa mıydık
   d. kapatmasın mı

C. Şu anda istediğiniz, arzu ettiğiniz ve hayal ettiğiniz beş şeyi yazın. 請寫出目前您想要、盼望、幻想的五件事情。

_____

_____

_____

_____

_____

_____

_____

D. Dinleyerek boşlukları tamamlayın.

請聆聽音檔並填空。　　MP3-23

Tatilde

Eğer hava sıcak_____ ve küçük de olsa rüzgâr da es_____ işiniz çok zor demektir. Hele bir de yanınızda içecek bir şey yok_____ büyük sıkıntılar çekebilirsiniz. Ama deniz kenarındaysanız ve buz gibi soğuk bir biranız var_____ keyfinize diyecek olmaz... Yalnız dikkat etmeniz gereken en önemli şey uyku. Uykunuz gel_____ bile güneşin altında korunaksız uyumamalısınız. Yok_____ vücudunuzda acı veren yanıklarla uzun süre dolaşabilirsiniz ve tatiliniz size zehir olabilir. Eğer uykunuz gel_____ plaj şemsiyesinin altına uzanıp denizin dalgalarının sesini dinleyerek uyuyabilirsiniz.

E. İnternetten şarkıyı dinleyin, boşlukları tamamlayın.

請從網路聆聽歌曲並填空。

Tanju Okan - Öyle sarhoş olsam ki

Öyle sarhoş olsam ki bir an seni _____

Unutsam bu günleri, yarınları _____

Öyle sarhoş olsam ki bir daha _____

Her şey bir rüya olsa, unutarak _____

Seni gördüğüm günü, sevdiğimi _____

Bir başka dünya bulsam içinde sen _____

Öyle sarhoş olsam ki bir daha _____

Her şey bir rüya olsa, unutarak _____

Öyle sarhoş _____ ki

Bir an seni _____

_____ bu günleri

Yarınları _____

🔍 Hatırlayalım 回顧

A. Atasözleri. 格言。

1. Bakarsan bağ olur, bakmazsan dağ olur.
2. Hayat seni güldürmüyorsa espriyi anlamadın demektir. (Çehov)
3. Sen hayatı umursamazsan, o sana umursatır.
4. İyiliğe gücün yetmezse bari kötülük etme.
5. Dostluk çınar gibidir. Meyvesi olmasa da gölgesi yeter.

B. Elverişli cümle kalıpları 常用句型

1. Ne olursa olsun hayata gülümsemeye devam edelim.
2. Karşındaki kim olursa olsun kendin olmaktan vazgeçme ve öz güvenini hiç kaybetme.
3. Nerede olursan olsun bil ki kalbim her zaman seninle birliktedir.

4. Ne zaman olursa olsun ümitlerimizi kesmeyelim.
5. Şu an durumumuz nasıl olursa olsun yarın güneş yine doğar, işler zamanla düzelir.
6. Ne olursa olsun moralini yüksek tutmaya çalış.
7. Zahmet olmazsa bana bir kilo baklava getirir misin?
8. Bir an önce bu işe başlarsa iyi olur.
9. Bu konuda bana yardımcı olabilirsen çok sevinirim / çok memnun olurum.

☼ 副詞子句為寬廣 - 條件式、主要子句為命令式時可以表達「說話者毫不在乎、無關痛癢」的語意。例如：

> Ne yerse yesin bana ne.
> Nereye giderse gitsin beni ilgilendirmez.
> Nerede oturursa otursun onu ben mi düşüneceğim.
> Kim bakarsa baksın benim sorunum değil.

☼ 副詞子句為寬廣 - 條件式、主要子句為願望式時表達「情況不會因而有所不同、依然如故」的語意。例如：

> Ne yersem yiyeyim şişmanlamıyorum.
> Ne kadar çalışırsam çalışayım başaramıyorum.
> Nasıl yaparsam yapayım müdürüm memnun olmuyor.

NOTE

6

PARK YAPILMAZ
禁止停車

學習重點

- 被動動詞
- 被動動詞的各種使用方式
- 構詞詞綴（-lI, -sIz, -lIk）
- 熟悉各類構詞詞綴的涵義與運用
- 理解公共場所中的各類標語
- 懂得如何描述自己和朋友的外觀與個性
- 認識土耳其格言
- 能看懂簡單的新聞報導

6 PARK YAPILMAZ

Diyalog Müdür Odasında 〔MP3-24〕

Müdür	: Kızım, dünkü mektup yazıldı mı?
Sekreter	: Evet, gönderildi bile…
Müdür	: Peki, ofisin giderleri ödendi mi?
Sekreter	: Evet efendim, giderler de ödendi.
Müdür	: Güzel, yeni işçilerin sigortaları yapıldı mı?
Sekreter	: Evet, muhasebeci tarafından yapıldı.
Müdür	: İyi, teklif dosyalarını hazırladın mı?
Sekreter	: Dosyalar hazırlandı, masanızın üzerinde.
Müdür	: Teşekkür ederim, şimdi de pazarlama müdürüne bağlar mısın?
Sekreter	: Derhal efendim…

A. Soruları yanıtlayın. 請回答問題。

1. Mektup yazılmış mı?

_____

2. İşçilerin sigortasını kim yaptı?

_____

3. Teklif dosyaları hazır mı? Nerede?

_____

Zeytin Yağlı Fasulye Nasıl Yapılır?

Malzemeler:

*Yarım kilo taze fasulye

*3 domates

*1 orta boy soğan

*Yarım bardak sıvı yağ (tercihen zeytin yağı)

*Tuz

*Karabiber

*1-2 bardak su

Yapılışı:

Fasulyelerin kılçıkları alınıp temizlenir. İstenirse ikiye bölünür. Yıkandıktan sonra bir süzgeçte süzülmesi beklenir. Soğan ve domatesler küçük küçük kesilir, bir tencereye zeytin yağı koyulur. Ocağın üstü yakılır. Tencereye önce soğanlar konur, yağda biraz çevrilir, sonra domatesler eklenir. Onlar da biraz soğanla birlikte ateşte çevrilir. Tencerenin içine yıkanmış, temizlenmiş fasulyeler atılır. Bir iki dakika hepsi tencerede karıştırıldıktan sonra bir bardak su ilave edilip tuz ve karabiber eklendikten sonra tencerenin ağzı kapatılır. Orta ateşte fasulyeler yumuşayıncaya kadar pişirilir. Gerekirse biraz su ilave edilir. Piştikten sonra bir kaba alınır, soğuk servis yapılır. (İstenirse sıcak da yenir.) Afiyet olsun!

A. Soruları yanıtlayın. 請回答問題。

1. Tencereye önce ne koyulur?

_____

2. Tencerenin kapağı ne zaman kapatılır?

_____

3. Yemek nasıl servis yapılır?

_____

4. Yemek yapmak için hangi malzemeler kullanılır?

_____

🔍 Edilgen Eylem (-ıl-, -il-, -ul-, -ül- / -n- / -ın-, -in-, -un-, -ün-) 被動動詞

☀️ 在土耳其文中，當主詞的動作是受到影響、只影響到自身、與另一動作者互相影響，或是驅使其他人採取行動的情況下，分別使用被動動詞（Edilgen Eylem）、反身動詞（Dönüşlü Eylem）、相互動詞（İşteş Eylem），或使役動詞（Ettirgen Eylem）來表達呈現。由於這幾類動詞的詞綴界於主動動詞（Etken Eylem）的字根與時態之間，猶如建築物中的夾層、閣樓，因而得名為 çatı ekleri。

☀️ 所謂的被動句，即是將原本主動句中的受詞轉為被動句的主詞。因此，與主動句最大的差別在於：主動句的主詞為採取行動者，被動句的主詞則是原本受到行動影響的人、事、物。

☀️ 主動的動詞通常加上 -ıl-, -il-, -ul-, -ül- 即可完成被動動詞（例如 yap- → yapıl-）。若是母音結尾的動詞會加上 -n-（例如 yıka- → yıkan-），子音 l 結尾的動詞後面則是加上 -ın-, -in-, -un-, -ün-（例如 sil- → silin-）。

1. 被動動詞可以和各種時態連用。

　　例如：Şimdi ev temizleniyor.

　　　　　Dün ev temizlendi.

　　　　　Biz gelmeden ev temizlenmiş.

　　　　　Yarın ev temizlenecek.

　　　　　Genellikle haftada bir ev temizlenir.

2. 在被動句中我們會使用 tarafından 一詞來標示動作者（亦即主動句中真正的主詞）。

　　例如：Ev **tarafımdan** temizlendi. [= Ben evi temizledim.]

　　　　　Ev **(senin) tarafından** temizlendi. [= Sen evi temizledin.]

　　　　　Ev **temizlikçi tarafından** temizlendi. [= Temizlikçi evi temizledi.]

　　　　　Ev **tarafımızdan** temizlendi. [= Biz evi temizledik.]

　　　　　Ev **tarafınızdan** temizlendi. [= Siz evi temizlediniz.]

　　　　　Ev **onlar tarafından** temizlendi. [= Onlar evi temizlediler.]

3. 亦可用 **-larca / -lerce** 標示動作者。

　　例如：**Ev temizlikçilerce silindi, süpürüldü ve temizlendi.**

4. 在被動動詞中的主詞人稱位置會如同一般動詞句的排列：先時態字尾再人稱字尾。

　　例如：Öğrenciler tarafından alkışlandım. [ben]

　　　　　Öğrenciler tarafından alkışlandın. [sen]

　　　　　Öğrenciler tarafından alkışlandı. [o]

　　　　　Öğrenciler tarafından alkışlandık. [biz]

　　　　　Öğrenciler tarafından alkışlandınız. [siz]

　　　　　Öğrenciler tarafından alkışlandılar. [onlar]

5. 我們通常在表達常態、通則，以及不想或無需說出主詞（動作者）等情況下使用被動句。

　　例如：Burada sigara içilmez.

　　（「此處禁止抽菸」句中，不可抽菸這項規則適用於所有人，也就是通則。）

A. Lütfen cümleleri tamamlayın. 請完成下列句子。

1. Kitaptaki alıştırmalar öğrenciler tarafından yap_____ .
2. Bu mağazada her zaman kaliteli ayakkabılar sat_____ .
3. Sınavda bu konular sor_____ .
4. Her gün dersten sonra tahta sil_____ .
5. Saatler bir saat ileri al_____ .
6. Çantam bir çocuk tarafından bul_____ .
7. Sınıfımı geçersem bana araba al_____ .
8. Ev hizmetçi tarafından temizle_____ .
9. Tatilde bütün ev boya_____ .
10. Bütün kirli çamaşırlar yıka_____ .
11. Çöpler her akşam topla_____ .

B. Boşlukları doldurun. 請填空。

1. Hafta sonları erken kalk_____ .
2. Kapalı yerlerde sigara iç_____ .
3. Sağa dön_____, sola dön_____ .
4. Bu odaya gir_____ .
5. Burada araba yıka_____ .

C. Cümleleri tamamlayın. 請完成句子。

1. Her yıl Kemalpaşa'da kiraz festivali düzenle_____ .
2. Başbakan tarafından yeni metro hizmete aç_____ .
3. Bu yıl Altın Portakal Ödülü Nurgül Yeşilçay'a ver_____ .
4. Sınavdan önce tüm kurallar öğrencilere söyle_____ .
5. Bugün yeni mağazanın açılışına git_____ .

D. Arkadaşınıza sorun ve yanıtlarını yazın.
請詢問您的朋友並寫下他們的回答。

1. Sizin ülkenizdeki kış hazırlıkları (köydeki) nasıldır?

_____

2. Okula başlamadan önce ne gibi hazırlıklar yapılır?

_____

3. Pikniğe gitmeden önce ne gibi hazırlıklar yapılır?

_____

4. Makarna nasıl pişirilir?

_____

5. Sizce insanlarla nasıl iyi geçinilir?

_____

E. Metni edilgen yapın. 請將文章改寫成被動式。

Dün sabah çok erken kalktık. Elimizi yüzümüzü yıkadıktan sonra kahvaltı yaptık. Kahvaltıdan sonra evden çıktık ve otobüse bindik. Otobüste ben gazete okudum, arkadaşım ise ders notlarına göz attı. Dün bir sınav vardı. Saat dokuzda sınıfa girdik ve sınava başladık. Sorular çok kolaydı. Soruları zorlanmadan yaptık. Dersten sonra arkadaşlarla sinemaya gittik. Sinemaya girmeden önce patlamış mısır ve biletlerimizi aldık. Saat 2'de film izlemeye başladık. Film çok komikti ve filme çok güldük. O günkü sınav stresini film izleyerek attık. Akşam saat 5'te eve döndük.

Dün sabah çok erken kalkıldı._____

_____

_____

_____

Yarın sabah çok erken kalkılacak._____

_____

_____

_____

Sabahleyin erken kalkılır._____

_____

_____

_____

Diyalog Hangi Takımı Tutuyorsun? `MP3-25`

Sezgi : Nerelisin?

Allen : Amerikalıyım.

Sezgi : Peki, ya öğretmen nereli?

Allen : Öğretmen Türk.

Sezgi : Sence o öğretmen kaç yaşında?

Allen : Bence kırklı yaşlarda.

Sezgi : Futbolla ilgileniyor mu? Sportif bir yapısı var. Hangi takımı tutuyor?

Allen : Bence o Galatasaraylı. Evinin duvarında Galatasaray afişini gördüm. Ya sen?

Sezgi : Ben Fenerbahçeliyim.

Allen : Ben de Beşiktaşlıyım.

Sezgi : Niçin Beşiktaş'ı tutuyorsun?

Allen : Çünkü çok başarılı bir takım.

Sezgi : Ama geçen sezon başarısız olmuştu.

Allen : Hiçbir takım sonsuza kadar başarılı olmaz. Başarısızlıkta da takımımı destekliyorum.

Güzellik

Herkes güzeli ister, güzeli sever. Herkes "Dünyada en iyi, en güzel, en akıllı benim" demek ister. Ama güzellik kişiden kişiye, kültürden kültüre, toplumdan topluma değişir.

Genç bir kıza sorarlar. "Nasıl bir insanla evlenmek istersin?" Genç kız şöyle cevap verir: "Benim için güzellik önemli değil, ama uzun boylu, sarışın, atletik yapılı, zengin, yakışıklı ve renkli gözlü birini tercih ederim." Genç adama sorarlar: "Sen nasıl biriyle evlenmek istersin?" Genç adam şöyle cevap verir: "Benim için ruh güzelliği çok önemli. Ahlaklı, dürüst, güvenilir, çalışkan, terbiyeli, görgülü biriyle evlenmek isterim." Yine başka bir adama sorarlar: "Sen nasıl bir kızla evlenmek istersin?" Adam şöyle cevap verir. "Benim için fizik güzelliği çok önemli. Ben çirkin sevmem. Şöyle orta boylu, ela gözlü, pembe yanaklı, kiraz dudaklı, kızıl saçlı, keman kaşlı bir kızla evlenmek isterim."

Kimisi zengin, kimisi güzel, kimisi de yakışıklı ister. Peki fakirler, çirkinler, tipsizler, şişmanlar, kısa boylular, ahlaksızlar, tembeller, görgüsüzler için bir düşünceniz var mı?

🔍 -ll (-lı, -li, -lu, -lü) 正向形容詞

1. 可將名詞轉為「正向」形容詞，而修飾名詞。

例如：Ben **akıllı** insanları severim.

　　　Kaç **şekerli** kahve içersiniz?

　　　O **gözlüklü** bir öğretmendir

　　　Geniş **balkonlu** bir evde oturuyor.

2. -lı, -li, -lu, -lü 可以表達支持的政黨、球隊或歸屬某個社群的語意。

例如：Galatasaraylı = Galatasaray taraftarı

　　　O CHP'li　　 = CHP taraftarı

　　　O doğulu　　= O doğu insanı

　　　O batılı　　　= O batı insanı

3. -lı, -li, -lu, -lü 可以加接於年代之後表示時期。

例如：2000'li yıllarda ekonomi çok kötü oldu.

　　　1980'li yıllarda terör vardı.

　　　1900'lü yıllarda sanayi devrimi gerçekleşti.

　　　2040'lı yıllarda teknoloji çok ilerleyecek.

4. -lı, -li, -lu, -lü 可以加接於地名之後表達籍貫語意（國籍、家鄉等）。

例如：Tayvanlılar yardımsever, sıcakkanlıdır. Tayvan'da kendinizi rahat hissedebilirsiniz.

　　　Koreli arkadaşın acı yemeklerden hoşlanır mı?

　　　Ürdünlü bir misafirimiz olacak. Onu heyecanla bekliyoruz.

　　　2019'da Türkiye'ye gelen İranlı turist sayısının milyonları aşması beklenmektedir.

　　　Sen nerelisin? Memleket neresi? Nerede doğdun? Şu anda hangi şehirde

　　　yaşıyorsun?

☀ 有些外來詞彙如 kalp, alkol, dikkat, kontrol 是不符合大母音諧音規則的；

例如：Eskiden daha iyi ve **temiz kalpli** insandı. Şimdi o kadar saf değil.

Alkollü sürücü kaza yapmış, yaralıyı bırakıp kaçmış.

Eğer daha **dikkatli** olsaydın tepsideki bardakları düşürmezdin.

Şimdiye kadar **kontrollü** olarak 6 kilo verdim, kendimi daha sağlıklı ve iyi hissediyorum.

A. Lütfen isimleri sıfat yapın. 請將下列名詞轉換成形容詞。

terbiye_____   akıl_____   görgü_____   bilgi_____   alkol_____

para_____   şeker_____   ahlak_____   sucuk_____   iyi kalp_____

B. Lütfen tümceleri tamamlayın. 請完成下列句子。

1. Üç oda_____, geniş balkon_____, havuz_____ ve bahçe_____ bir ev istiyorum.

2. Ben orta boy_____, kıvırcık saç_____, kilo_____ insanla evlenmek istemiyorum.

3. Plan_____ ve program_____ hayat verimlilik demektir.

4. Asık surat_____, sinir_____ ve yaş_____ bir adamdı.

5. O çok güleryüz_____ bir öğretmendir.

6. Renk_____ bir yaşantısı vardı.

7. Sağlık_____ bir yaşam için spor yapın.

8. Çok yağ_____ yiyecekler sağlıklı değildir.

9. Tansiyonum yüksek ve şeker hastasıyım. Şeker_____ tuz_____ yiyecekleri

yiyemiyorum.

🔍 -slz (-sız, -siz, -suz, -süz) 負面形容詞

可將名詞轉為「負面」形容詞，而修飾名詞。

例如：Elif'te **sağlıksız** ve kuru cilt yapısı, yorgunluk, **isteksiz** ve ağır hareketler, kansızlık, unutkanlık, adet düzensizlikleri ve sık sık hastalıklara yakalanma gibi şikâyetler olmuş, meğer hızla kilo vermek için **yetersiz** ve **dengesiz** beslenmiş.

Akılsız bir adamdı.

Şekersiz kahveyi severim.

Şu **gözlüksüz** kadın benim annem.

Bu yıl **okulsuz** köy kalmayacak diye duydum.

Dışarı çıkıp çıkmama konusunda **kararsız** kaldım.

Ufak tefek ve **önemsiz** şeyler üzerinde durmayan kişilerle arkadaş olun.

Güvensizlik duygusu bizi **mutsuz** eder ve başkalarıyla ilişkimize zarar verir.

A. Lütfen isimleri olumsuz sıfatı yapınız.

請將下列名詞轉換成負面形容詞。

ev＿＿＿＿　　　para＿＿＿＿　　　masraf＿＿＿＿　　　resim＿＿＿＿

şehir＿＿＿＿　　　boya＿＿＿＿　　　düşünce＿＿＿＿　　　uyku＿＿＿＿

B. Lütfen cümleleri tamamlayın. 請完成下列句子。

1. Kalem ＿＿＿＿, kitap ＿＿＿＿, defter ＿＿＿＿ öğrenci olur mu?

2. Neşe ＿＿＿＿, huzur ＿＿＿＿, kendine güven ＿＿＿＿ bir adamdı.

3. Duygu ＿＿＿＿, his ＿＿＿＿ ve akıl ＿＿＿＿ olma.

4. Saç ＿＿＿＿ insanlara kel diyoruz.

5. Para ＿＿＿＿ pul ＿＿＿＿ ne yapacaksın?

6. Bıyık ＿＿＿＿ ve sakal ＿＿＿＿ insanları daha çok severim.

7. Gözlük ＿＿＿＿ kitap okuyamıyorum.

8. Seni çok seviyorum. Sen ＿＿＿＿ hayat çok zor.

9. Sınava kalem ＿＿＿＿ ve silgi ＿＿＿＿ gelmeyin!

🔍 -lIk (-lık, -lik, -luk, -lük) 表用品、職業、地點的名詞或抽象名詞

1. 名詞後加接 **-lık, -lik -luk -lük** 可用以表達用品名稱。

kitap	+ lık	kitaplık
şeker	+ lik	şekerlik
ekmek	+ lik	ekmeklik
kalem	+ lik	kalemlik

☀ 此外，像是sabahlık, gecelik, gelinlik, damatlık, yağmurluk, dizlik, başlık, kolluk, boyunluk 則可表達服裝名稱。

2. 名詞後加接 **-lık, -lik -luk -lük** 可用以表達職業名稱。

öğretmen	+ lik	öğretmenlik
doktor	+ luk	doktorluk
mühendis	+ lik	mühendislik
müdür	+ lük	müdürlük

3. 名詞後加接 **-lık, -lik -luk -lük** 可用以表達「為了⋯⋯（目的）」語意

ben	+ lik	benim için
sen	+ lik	senin için
bugün	+ lük	bugün için
kahvaltı	+ lık	kahvaltı için

4. 名詞後加接 **-lık, -lik -luk -lük** 可用以表達地方。

ağaç	+ lık	ağaçlık
taş	+ lık	taşlık
zeytin	+ lik	zeytinlik
çöp	+ lük	çöplük

5. 名詞後加接 **-lık, -lik -luk -lük** 可用以表達情形或關聯。

kardeş	+ lik	kardeşlik
dost	+ luk	dostluk
arkadaş	+ lık	arkadaşlık
çocuk	+ luk	çocukluk

6. 形容詞後加接 **-lık, -lik -luk -lük** 可轉為抽象名詞。

kötü	+ lük	kötülük
iyi	+ lik	iyilik
güzel	+ lik	güzellik
kaba	+l ık	kabalık

A. Lütfen cümleleri -lI, -sIz veya -lIk ekiyle tamamlayın.

請以 -lI, -sIz, -lIk 字尾完成句子。

1. Şu araba benzin_____, benzin alalım mı?

2. Niçin kalem_____, kitap_____ okula geldin?

3. Hiç kimse çocuk_____ günlerini unutmaz.

4. Sen çok gam_____., dert_____ bir adamsın.

5. Güzel_____ gider ama iyi_____ kalır.

6. Babam bir fabrikada mühendis_____ yapıyor.

7. Mehmet Bey gözlük_____ dışarı çıkmaz.

8. Uzun boy_____ biri ile evlendi.

   ceksin?

10. Yağmur_____ havalarda pikniğe gidilmez.

11. Benim gece_____ rengi mavi.

12. Bu düğüne Suzan_____ gitmem.

B. Arkadaşınıza sorun. 請詢問您的朋友。

1. Hangi tür insanları seviyorsunuz?

   _____

2. Hangi tür insanlardan nefret ediyorsunuz?

   _____

3. Siz hangi sıfatları taşıyorsunuz?

   _____

4. İleride eşiniz olacak kişinin hangi özellikleri olmalı, hangileri ise olmamalı?

   _____

akıllı insan ⇔ akılsız (deli) insan	namuslu insan ⇔ namussuz insan
düzenli insan ⇔ düzensiz insan	ağırbaşlı insan ⇔ hareketli insan
verimli insan ⇔ verimsiz insan	kararlı insan ⇔ kararsız insan
becerikli insan ⇔ beceriksiz insan	uyumlu insan ⇔ uyumsuz insan
yetenekli insan ⇔ yeteneksiz insan	görgülü insan ⇔ görgüsüz insan
kültürlü insan ⇔ kültürsüz insan	dikkatli insan ⇔ dikkatsiz insan
düşünceli insan ⇔ düşüncesiz insan	neşeli insan ⇔ neşesiz insan
çalışkan insan ⇔ tembel insan	korkak insan ⇔ cesur insan
cesaretli insan ⇔ cesaretsiz insan	ahlaklı insan ⇔ ahlaksız insan

🔍 Alıştırmalar 練習

A. Örnekteki gibi edilgen yapın. 請依照例句改成被動句。

Örnek: Hırsız bizim paramızı çalmış. → Paramız çalınmış.

1. Geçen gün çok güzel bir roman okuduk.

_____

2. Babaannem her sabah bahçedeki çiçekleri sular.

_____

3. Ünlü ressam, bu eseri iki yılda ancak tamamlayabilmiş.

_____

4. Tribünde futbol maçı izlemek için bilet aldık.

_____

5. Çok güzel bir bayram tatili yaşadılar.

_____

6. Fuat, arabasını yıkayamamış.

_____

B. Dinleyip boşlukları tamamlayarak soruları yanıtlayın.

請聆聽音檔填空，並回答問題。 MP3-26

İstanbul'daki Bir Günüm

Benim adım Ken. Ben _____ . Türkçe öğrenmek için bir hafta önce İstanbul'a geldim. Dün hava _____ . Tek başıma Eminönü'nde dolaştım. Mısır Çarşısı'ndan kendime bir kutu _____ lokum aldım, çünkü Türk _____ seviyorum. Sonra _____ bir çayhaneye gittim. Tatlı yiyerek _____ çay içtim. Aynı zamanda denizi seyrettim. Sokakta insanlar gidip geliyordu. Gülhane'ye gitmek istedim, ama yolu bilmiyordum. Kısa _____ ve _____ bir gence sordum. Adı Sinan. _____ . O çok _____ . "Seni oraya götürebilirim." dedi. Gülhane'ye vardıktan sonra beni de biraz gezdirdi. Orada gezerken _____ bir adamla karşılaştım. O adam Gülhane'de çalışıyor. Öğrenci olduğumu anlayınca bana hevesle İstanbul'la ilgili tarih anlatmaya başladı. Çok iyi bir gün geçirdim. Türklerin _____ sayesinde çok şey öğrendim.

1. Ken nereli?

_____

2. Ken çayhanedeyken ne sipariş etti?

_____

3. Ken Mısır Çarşısı'ndan neli lokum aldı?

_____

4. Kim Ken'i Gülhane'ye götürdü? Görünüşü nasıldı? Ne iş yapıyor?

_____

5. Ken neden "Güzel bir gün geçirdim." dedi?

_____

C. Eşleştirin.   請配對。

( ) 1. Sabırla bekleyin. Kapı birazdan   A. yatırılmış.

( ) 2. Tüm paralar bankaya   B. görüşülecek.

( ) 3. Bebeğe annesi tarafından süt   C. boyanacakmış.

( ) 4. Yarın evimizin duvarları ustalarca   D. tanıştırıldı.

( ) 5. Bu konu yarınki toplantıda   E. pişiriliyor

( ) 6. Bütün davetliler, ev sahibi tarafından   F. içirildi ve uyutuldu.

( ) 7. Yemek birazdan hazır olacak; çünkü şu anda G. düzenlendi.

( ) 8. Bölümlerarası koro yarışması 8 Aralık 2018'da H. açılacak.

D. Onunla ne yapılır?   可以用它做什麼？

Bisikletle gezilir, alışverişe gidilir, spor yapılır.

_____

_____

_____

_____

_____

E. Lütfen -li, -siz sıfatlarıyla ideal eşinizin görünüşü ve kişisel özellikleri yazın.

請利用 -li, -siz 形容詞寫下您未來理想對象的外觀與個性。

_____

_____

_____

_____

_____

_____

_____

_____

_____

_____

_____

🔍 Hatırlayalım 回顧

A. Şu metni okuyun. 請閱讀下文。

Dünyadaki En Garip Batıl İnançlar

Ülkemizdeki batıl inançları iyi biliriz. Gece tırnak kesilmez, sakız çiğnenmez. Ters ayakkabılar evden ölü çıkmasın diye düz çevrilir. Kara kediler uğursuzdur, yıldız kaydığında dilek tutulursa kabul edileceğine inanılır. Kökenleri bilinmese de tüm dünyada birçok insanın inandığı bunun gibi batıl inançlar bulunuyor. Gelin dünyadan batıl inançlara birlikte bakalım.

Bulgaristan

Bulgaristan'daki batıl inançlar oldukça ilginç. Ülkede evlenmemiş bir kadın masa kenarına oturursa evlenecek erkek bulunmayacağına inanılıyor. Ayrıca çirkin çocuklara sahip olmamak için alkol olmayan bardaklar tokuşturulmuyor.

İspanya

Ispanya'da her ay başı 12 üzüm yemenin bütün yıl şans getireceğine inanılıyor. Bu nedenle her ay saat tam 12'de 12 üzüm afiyetle mideye indiriliyor.

Rusya

Rusya'da birine çiçek verirken sayısı son derece önemli. Çünkü birine çiçek verirken tek sayılar kadar çiçek seçip vermelisiniz. Çift sayıda çiçekler sadece cenazelere gönderilebiliyor.

Çin

Çinlilerin batıl inancına göre 4, 13, 14, 23, 24 sayıları uğursuz kabul ediliyor. Sırf bu sebeple binalarda ve oda numaralarında bu rakamlar kullanılmıyor.

Brezilya

Brezilya'daki batıl bir inanca göre kötü şansla karşılaşmamak için çantanızı ve cüzdanınızı yere koymamanız gerekiyor.

Mısır

Mısırlı birine makas verirken kavga etmemek için makasa usulen tükürülür. Mısır'da makasın ağzını açık bırakmanın kötü şans getirdiğine inanılıyor. Kabustan korunmak için uyurken yastık altına makas koyuluyor.

Danimarka

Danimarka'daki batıl inanç oldukça ilginç. Danimarkalılar yıl boyunca kırılan porselenleri biriktiriyor ve yıl sonunda aileler toplanıp hangi ailenin porseleninin daha çok kırıldığına bakıyorlar. Kimin daha çok kırık porseleni varsa o ailenin zengin olacağına inanılıyor.

B. Aşağıdaki atasözleri veya ünlü deyişleri okuyun.

請閱讀以下的格言或名言。

1. Akıl para ile satılmaz. (atasözü)

2. Bugünün işini yarına bırakma. (atasözü)

3. Kadının yaşı, erkeğin maaşı sorulmaz.

4. Fındık dalda iken cebe girmiş sayılmaz. (atasözü)

5. Her şeyden bıkılabilir, ama aşktan asla. (Jacques Duclos)

6. Rüzgâr ateş için neyse, ayrılık da aşk için odur; küçük bir aşkı söndürür, büyük bir aşkı daha da güçlendirir. (Mevlana Celaleddin-i Rumî)

7. Azmin elinden ne kurtulur? (atasözü)

8. Aslandan korkulur bağlı bile olsa. (atasözü)

9. Doğru, sarsılır, ama yıkılmaz. (atasözü)

NOTE

DİNLEME
METİNLERİ
聽力文本

Ünite

s.14

Köpek ile Gölgesi `MP3-02`

Bir köpek, kasap dükkânından bir parça et çalmış. Koşarak oradan uzaklaşmış. Bir nehirden geçmesi gerekmiş. Nehrin üstünde bir köprü varmış. Köprüden nehre doğru bakmış. Nehirde başka bir köpek daha varmış. O köpeğin ağzında da et varmış, ama onun eti daha büyükmüş. Köpek o et parçasını da yemek istemiş. Köpeği korkutmak için havlamaya başlamış. Tabii kendi eti de suya düşmüş. O anda nehirdeki görüntüsü de suda kaybolmuş. Açgözlülüğünden dolayı elindeki etini de kaybetmiş.

※※※※※※

s.17

Gül ile Yağmur `MP3-04`

Gül ile Yağmur birlikte alışveriş yapmak için hazırlanmışlar. Çünkü evde yiyecek içecek kalmamış. Önce alışveriş listesi hazırlamışlar, sonra otobüs durağına gitmişler. Alışveriş merkezi biraz uzakmış ve otobüsle gitmek gerekmiş. Durakta bir müddet otobüs beklemişler. Otobüs gelmiş ve otobüse binmişler. Başlangıçta otobüste çok insan yokmuş. Gül ile Yağmur boş koltuk bulmuşlar ve oturmuşlar. Otobüs hareket ettikten sonra Gül cep telefonunu kapatmış, çünkü otobüste telefonla konuşmak yasakmış.

Otobüs her durakta yeni yolcular almış. Bir müddet sonra otobüste hiç boş koltuk kalmamış. Durağın birinde yaşlı bir teyze binmiş. Yağmur hemen kalkmış ve yerini yaşlı teyzeye vermiş. Yaşlı kadın Yağmur'a teşekkür etmiş, annesi ise kızıyla gurur duymuş. "Aferin kızım, bu çok iyi bir davranıştı. Her zaman yaşlılara yer vermek lazım." demiş.

Ünite

s.37

Uçan Balon Oyunu `MP3-10`

Uçan balonlar yılda bir gün buluşup hep beraber gezerlermiş. Buluşmadan önceki gece bütün balonlar bir güzel dinlenirlermiş. Sabah saatin sesiyle uyanırlarmış ve uzun uzun gerinirlermiş. Sonra camı açarak dışarıdaki güzel havayı ciğerlerine çekerlermiş. Daha sonra hemen giyinirlermiş ve yola çıkarlarmış. Bazısı yürüyerek, bazısı koşarak bazısı trenle gidermiş.

Tüm balonlar buluşunca güç toplamak için ağaçlardan meyve toplarlarmış ve yerlermiş. Meyveleri yedikten sonra gökyüzüne yükselirlermiş.

Balonları gökyüzünde bulutlar beklerlermiş. Çünkü balonlarla bulutlar çok iyi arkadaşlarmış ve sadece yılda bir kez buluşuyorlarmış. Balonlar bulut arkadaşlarına yeryüzünde olan biten pek çok şeyi anlatırlarmış, bulutlar da onları heyecanla dinlerlermiş. Bulutlar en çok yeryüzündeki çiçekleri merak ederlermiş. Balonlar bulutlara çiçeklerin kokusunu anlatırlarmış. Bulutlar da bu kokuyu duymak için derin derin nefes alırlarmış.

※ ※ ※ ※ ※

s.42

Ümran'ın Arkadaşları `MP3-11`

Ayşe: Ümran, Türkiye'deyken Tayvan'daki arkadaşlarınla görüşür müydün?

Ümran: Evet, zaman zaman Skype'te görüşürdüm.

Ayşe: Günleri nasıl geçiyormuş, mutlular mıymış Tayvan'da?

Ümran: Çok mutlularmış. Hemen hemen her gün dersleri varmış ve sık sık okula giderlermiş.

Ayşe: Peki, sen Türkiye'deyken tarihî ve turistik yerlere ara sıra gider miydin?

Ümran: Tabii, ayda bir iki kere gider, çok memnun kalırdım.

Ayşe: Söyle bakalım. Nerelere gittin?

Ümran: İstanbul'a, İzmir'e ve Antalya'ya gitmiştim.

Ayşe: Ohh… Sen benden daha çok gezmişsin. Başka neler yapardın?

Ümran: Türk yemeklerinden bol bol yerdim.

Ayşe: Peki, ayran içer miydin? Alıştın mı ayran içmeye? Genellikle yabancılar ayranı pek sevmezlermiş.

Ümran: Önceleri sevmemiştim, ama daha sonra alıştım. Şimdi özlemeye başladım bile.

Ayşe: Yakında Türkiye'ye gelme planın var mı? Tekrar gelirsen mutlaka haberim olsun. Seni gezdiririm.

Ümran: Tamam, çok sevinirim. Şimdiden teşekkür ederim. Herkese selam söyle.

 **3 Ünite**

s.62

Günlük Yaşamım `MP3-15`

Uzun zamandır evde yalnız yaşıyorum. Zaman zaman sıkılıyorum. Evimin tüm işlerini kendim yapıyorum. Temizlik yapmak, bulaşık yıkamak ve yemek pişirmek, benim günlük işlerim arasındadır. Bakın bir günüm şöyle: Sabahleyin saat yedide kalkıp duş alıyorum. Duştan önce tıraş oluyorum. Tıraş olup duş aldıktan sonra kendime kahvaltı hazırlıyorum. Evden çıkmadan önce çantamı hazırlıyorum. Kahvaltımı yapıp evden çıkıyorum. Otobüs durağına kadar yürüye yürüye gidiyorum. Durağa gitmeden önce gazeteciye uğrayıp günlük gazetemi alıyorum. Otobüste gazete okuya okuya yolculuk yapıyorum. İş yerime saat sekizde varıyorum. Ofisim 6. katta asansöre binmiyorum. Ofisime merdivenlerden yürüyerek gidiyorum. Hiç durmadan öğleye kadar çalışıyorum. Öğlen işe biraz ara verip dinleniyorum. Akşama kadar çalışıp saat beşte ofisten çıkıyorum. Ofisten çıkmadan tüm lambaları söndürüyorum. Kapıyı kilitleyip çıkıyorum.

※※※※※※

s.64

Ev Temizliği MP3-16

A : Sabah çok erken mesela beş buçuk gibi kalkabilir misin?

B : Tabii, efendim. Ben zaten fazla uyuyamam.

A : Evimde altı gibi olabilirsin. Önce beraber kahvaltı yapabiliriz. Kahvaltıdan sonra ben işe gideceğim, sen evi temizlemeye başlayabilirsin.

B : Olur, efendim, nasıl isterseniz.

A : Ben işe gittikten sonra sen önce yatakları toplarsın, sonra bulaşıkları yıkayabilirsin. Mutfak şurada. Kendine çay, kahve pişirebilirsin. Öğlen bir saat kadar mola verebilirsin. Molada yemek pişirip yiyebilirsin.

B : Tabii, efendim. Teşekkür ederim. Ben çok iyi bir aşçıyım. İsterseniz sizin için de akşam yemeği hazırlayabilirim.

A : Teşekkür ederim, sevinirim. Öğleden sonra salonu ve banyoyu temizleyebilirsin.

B : Anladım, efendim, merak etmeyin. Bir şey sorabilir miyim? Müzik dinleyebilir miyim? Müzik dinleyerek çalışmayı seviyorum.

A : Tabii, dinleyebilirsin. Fakat müziğin sesini fazla açma, komşuları rahatsız etme.

B : Tamam, efendim. Fazla açmam.

A : Bu arada benim bugün işim uzun sürer. Saat kaça kadar beni bekleyebilirsin?

B : Saat akşam altıya kadar bekleyebilirim. Daha fazla bekleyemem. Evim buradan çok uzakta.

A : Tamam. Saat altıda görüşmek üzere.

B : Güle güle.

 **Ünite**

s.73

Doğum Günü Hazırlıkları MP3-18

Bu akşam erkenden eve gitmeliyim ve evimi temizlemeliyim. Çünkü yarın benim doğum günüm ve birçok arkadaşım evime gelecek. Eve gitmeden önce markete gidip alışveriş yapmalıyım. Ayrıca pastaneye gidip yaş pasta ve mum almalıyım. Bazı samimi arkadaşlarımın doğum günümden haberleri yok. Onlara da telefon edip haber vermeliyim. Arkadaşlarım için hangi yemekleri hazırlayacağımı bilmiyorum, ama bunu iyice düşünmeliyim. Çünkü yemek hazırlamak kolay değil ve çok zamanımı alacak.

※※※※※※

s.85

Çağdaş Yaşam ve Sorunları

İnsanlık 21. yüzyıl yani teknoloji çağını yaşamaktadır. Her gün yeni ürünler piyasaya çıkmaktadır. Bu ürünler büyük ölçüde insan yaşamını kolaylaştırmaktadır. Eskiden bir yere gitmek için insanlar saatlerce, günlerce hatta aylarca yolculuk yaparlardı. Şimdi çağdaş taşıtlar kullanılmaktadır ve bu sayede yollar kısalmaktadır. Eskiden insanlar çamaşırları, bulaşıkları elle yıkarlardı. Şimdi çamaşır makineleri, bulaşık makineleri insanlara hem zaman kazandırmakta hem kolaylık sağlamaktadır. Eskiden uzak bir yere bir mektup göndermek haftalar, aylar almaktaydı. Şimdi telefonla, faksla, internetle anında iletişim kurulmaktadır.

İnsanların sayısı her geçen gün artmaktadır. İnsanların ihtiyaçlarını karşılamak için dünyanın kaynakları yeterli olmamaktadır. Büyük bir olasılıkla yakın bir gelecekte dünya dışındaki gezegenlere kaynak bulmak için yolculuklar başlayacaktır.

5 Ünite

s.112

Tatilde MP3-23

Eğer hava sıcaksa ve küçük de olsa rüzgâr da esmezse işiniz çok zor demektir. Hele bir de yanınızda içecek bir şey yoksa büyük sıkıntılar çekebilirsiniz. Ama deniz kenarındaysanız ve buz gibi soğuk bir biranız varsa keyfinize diyecek olmaz... Yalnız dikkat etmeniz gereken en önemli şey uyku. Uykunuz gelse bile güneşin altında korunaksız uyumamalısınız. Yoksa vücudunuzda acı veren yanıklarla uzun süre dolaşabilirsiniz ve tatiliniz size zehir olabilir. Eğer uykunuz gelirse plaj şemsiyesinin altına uzanıp denizin dalgalarının sesini dinleyerek uyuyabilirsiniz.

6 Ünite

s.127

İstanbul'daki Bir Günüm

Benim adım Ken. Ben Kanadalıyım. Türkçe öğrenmek için bir hafta önce İstanbul'a geldim. Dün hava güneşliydi. Tek başıma Eminönü'nde dolaştım. Mısır Çarşısı'ndan kendime bir kutu fıstıklı lokum aldım, çünkü Türk tatlılarını seviyorum. Sonra sessiz bir çayhaneye gittim. Tatlı yiyerek şekersiz çay içtim. Aynı zamanda denizi seyrettim. Sokakta insanlar gidip geliyordu. Gülhane'ye gitmek istedim, ama yolu bilmiyordum. Kısa saçlı ve gözlüklü bir gence sordum. Adı Sinan. Üniversiteli. O çok sıcakkanlı. "Seni oraya götürebilirim." dedi. Gülhane'ye vardıktan sonra beni de biraz gezdirdi. Orada gezerken yaşlı bir adamla karşılaştım. O adam Gülhane'de çalışıyor. Öğrenci olduğumu anlayınca bana hevesle İstanbul'la ilgili tarih anlatmaya başladı. Çok iyi bir gün geçirdim. Türklerin yardımseverliği sayesinde çok şey öğrendim.

ÇALIŞMA KİTABI
練習本

BİR VARMIŞ BİR YOKMUŞ...

A. Cümleleri belirsiz geçmiş zamana veya rivayete çevirin.

請將句子改寫成傳說過去式。

Uğur'un Park Yürüyüşü

Dün öğleden sonra çok yorgundum. Banyo yaptım ve banyodan sonra parkta yürümek için eşimle sokağa çıktım. Hava çok güzeldi. Çocuklar anneleriyle beraber sokakta yürüyorlardı. Çocuklar anneleriyle beraber çok mutlulardı. Bu park eskiden çok güzeldi. Ama şimdi...?! Şimdi insanlar ne yapıyorlar? Orada pek çok kamyon, araba vardı. İşçiler de vardı. Biraz yürüdüm, yaklaştım. Bir adama, "Burada ne yapıyorsunuz?" diye sordum. Adam "Buraya futbol sahası yapıyoruz." diye cevap verdi. Futbolu seviyorum ama güzel parkı da çok seviyorum. Biraz üzüldüm ve oradan ayrıldım.

Uğur dün öğleden sonra çok yorgunmuş. _____

_____

_____

_____

_____

_____

_____

_____

_____

B. Cümleleri örnekteki gibi olumsuz yapın.

請仿照例句將句子改為否定句。

Örnek: Ayşe mutluymuş. → Ayşe mutlu değilmiş.

1. Çocuk hastaymış.

_____

2. Öğretmen okula geliyormuş.

_____

3. Burası yatak odasıymış.

_____

4. Yarın müzeye gidecekmişiz.

_____

5. Bu ayakkabı çok kaliteliymiş.

_____

6. Şu anda dinleniyorlarmış.

C. Sorulara örnekteki gibi "evet" ve "hayır" ile cevap verin.

請仿照例句以「是」及「不是」回答問句。

Örnek: Sevgilisi avukat mıymış?
   Evet, sevgilisi avukatmış.
   Hayır, sevgilisi avukat değilmiş.

1. Kardeşin aç mıymış?

_____

_____

2. Hava, yağmurlu muymuş?

_____

_____

3. Ablam öğrenciyken çalışkan mıymış?

_____

_____

4. Kütüphane onun evine yakın mıymış?

_____

_____

D. Uygun sözcükleri seçip belirsiz geçmiş zamanla cümleleri tamamlayın.

請選出關鍵詞並用傳說過去式完成句子。

lezzetli / şarkıcı / hasta / pahalı / yağmurlu / hesaplı / futbolcu / soğuk / cüzdanımı unut- / tuzlu / yaramaz / taburcu / Türkiye'ye git-

1. Anneannemin söylediğine göre ben çocukken çok _____. Sık sık ablamla kavga ediyormuşum.

2. Sinan'dan duydum ki Ahmet geçen ay _____. Beğenmiş mi?

3. Siz eskiden çok ünlü bir _____. Şimdi hâlâ oynuyor musunuz?

4. Pardon, _____. Benim hesabımı da ödeyebilir misin?

5. Arkadaşımdan öğrendim. Son günlerde İstanbul'da hava çok _____. Hatta bazı semtleri su basmış bile.

6. Leyla birkaç gündür işe gelemedi. Acaba _____?

7. Sedat geçen ay Tayvan'a gelip gezmiş. Yemekler çok hoşuna gitmiş. Ona göre hem _____ hem de _____.

8. Gençken çok başarılı bir _____. Dün akşamki konserde 40 yıllık sahne hayatına vefa etmiş.

E. Aşağıdaki sözcüklerle belirsiz geçmiş zaman veya birleşik zaman rivayetiyle cümleler kurun.

請由以下的詞彙組成傳說過去式或傳說過去複合時態的句子。

1. öğrenciler / koşmak / stadyumda / her sabah

_____

2. eve / kardeşin / birazdan/ gelmek

_____

3. sinemaya / çalışmak / Mustafa / gitmemek / evde / dün akşam / ders

_____

4. bu sabah / yapmamak / oyun / sabah / çocuk / oynamak / kahvaltı

_____

F. Cümleleri örnekteki gibi soru hâline getirin.

請仿照例句將句子改為問句。

Örnek: Ayşe yemek yapmayı seviyormuş.

Ayşe yemek yapmayı seviyor muymuş?

1. Dün okula saat 9'da gelmemiş.

_____

2. Levent sınavlara hazırlanıyormuş

_____

3. Geçen hafta pikniğe çıkmışlar.

_____

4. Bugün dersimiz varmış.

_____

5. Turistler, Türk yemeğini çok seviyorlarmış.

_____

6. Yarın maaşını alacakmış.

_____

7. Küçükken çok usluymuşum.

_____

8. Arkadaşlarım beni beklemeyeceklermiş.

_____

G. Okuyun, soruları yanıtlayın. 請閱讀並回答下列問題。

Nasrettin Hoca Fıkraları

a. Hoca bir gün evinin damına çıkmış. Damı onarmaya başlamış. Bir süre sonra çok yoksul bir adam gelmiş, kapısını çalmış. Hoca "Ne istiyorsun?" diye sormuş. Adam Hoca'yı aşağı çağırmış. Hoca aşağı inmek istememiş ama adam ısrar etmiş. Hoca sonunda "Peki," demiş, merdivenden inmiş ama yorulmuş tabii. Adamın yanına gitmiş ve "Haydi söyle, dinliyorum." demiş. Adam, "Hocam, çok fakirim. Bir sadaka ver." demiş. Hoca adama kızmış, ama belli etmemiş. "Gel benimle, dama çıkalım önce." demiş. Yukarı çıkmışlar. Dama çıktıkları zaman Hoca adama dönmüş, "Allah versin." demiş.

b. Hoca bir gün komşusuna gitmiş. Kapıyı çalmış. Bir kazan istemiş. Komşusu kazanı vermiş. Birkaç gün sonra Hoca bu büyük tencerenin içine bir de küçük tencere koymuş, geri vermiş. Komşusu küçük tencereyi görmüş ve sormuş: "Bu tencere ne?" Hoca, "Senin kazanın doğurdu." demiş. Komşusu pek mutlu olmuş. Günler geçmiş. Hoca yine komşusundan kazanı istemiş. Komşusu hemen vermiş kazanını. Günler, haftalar geçmiş. Hoca kazanı geri vermemiş. Komşusu kazanını merak etmiş. Hoca'nın evine gitmiş. "Hoca, benim kazanımı geri getirmedin. Ne oldu?" diye sormuş. Hoca, "Senin kazanın öldü. Sen sağ ol." demiş. Komşusu şaşmış, "Olur mu öyle şey? Kazan ölür mü hiç?!" demiş. Hoca şu cevabı vermiş: "Geçen sefer senin kazanın doğurdu dedim. Hemen inandın. Şimdi de öldü işte!"

1. Birinci fıkrada, Nasreddin Hoca neden evinin damına çıkmış?

_____

2. Dilenci, yani yoksul adam, niçin Hocanın aşağı inmesinde ısrar etmiş?

_____

3. Hoca yoksul adama ne cevap vermiş? Neden öyle cevap vermiş?

_____

4. İkinci fıkrada, Nasreddin Hoca, komşusunun kazanının içine ne koymuş?

_____

5. İkinci fıkradan ne öğrendiniz?

_____

6. Sizce Nasreddin Hoca bu fıkralarıyla insanlara neler öğretmeye çalışmış?

_____

H. Aşağıdaki boşlukları uygun atasözleri ile tamamlayın.

請填入適當的諺語。

A. Bekleyen derviş muradına ermiş.

B. Danışan dağı aşmış, danışmayan düz yolda şaşmış.

C. Ağaca balta vurmuşlar "sapı bedenimden" demiş.

D. Karga yavrusuna bakmış, "Benim ak pak evlâdım." demiş.

E. Baba oğluna bağ bağışlamış, oğul babaya bir salkım üzüm vermemiş.

F. Âlim unutmuş, kalem unutmamış.

1. Murat daha 4 yaşındayken annesi trafik kazasından ölmüş. Babası Murat'a çok rahat, kaliteli bir yaşam vermek ve Murat'ın güzel bir eğitim görmesi için gece gündüz çalışmış, çeşit çeşit fedakârlıklar yapmış. Fakat Murat büyüdükten sonra aklı fikri hep sevgilisinde, babasına en küçük bir hediye bile almamış. Tıpkı "_____" atasözünde olduğu gibi.

2. _____. Örneğin, dünya bize temiz su, temiz hava ve zengin doğal kaynakları karşılıksızca veriyor. Fakat biz dünyaya kirletilmiş su, kirletilmiş hava ve savaşlar bırakıyoruz. Dünyayı korumak varken bencillik yaparak dünyaya zarar veriyoruz.

3. Şu anda karşımıza çok engeller çıksa da başarmak sanki imkânsızmış gibi görünse de, unutmayalım ki "_____". Biraz daha sabredersek ümidimizi kaybetmezsek; bir gün mutlaka amacımıza ulaşırız.

4. Madem ki bu konuda pek bilgin yok, neden başkalarına sormuyorsun ki? "Bilmiyorum" demek utanılacak bir şey değil, ama "bilmemek ve öğrenmek istememek" insanın kendisini daha da zor duruma bırakmaktan başka bir şey değil. İşte "_____" diye bir Türk atasözü vardır.

5. Dedem bana "atalarımız '_____' demiş; onun için yazmaya önem ver." diye söylerdi.

6. "_____" atasözü, hiç kimse kendi çocuklarına karşı tarafsız düşünemiyor; herkes kendi çocuğunun, en akıllı, en güzel olduğunu düşünüyordur anlamına geliyor.

2 NE ARZU EDERSİNİZ?

A. Cümleleri örnekteki gibi geniş zamanlı soruya çevirin.

請仿照例句將句子改為寬廣式問句。

Örnek: Bize şarkı söyle.
   Bize şarkı söyler misin?

1. Beni iyice dinleyin.

_____

2. Sessiz olun.

_____

3. Bana yardım edin, lütfen.

_____

4. Beni bekleyin.

_____

5. Bana her gün telefon et.

_____

6. Çocuğu parka götür.

_____

B. Aşağıdaki durumlarda ne isteklerde bulunursunuz?
   Örnekteki gibi yapın ve ilgili soru cümlelerini yazın.

在以下的情況您會做些什麼要求呢？請依照範例寫下相關的問句。

Örnek: Kafede - Bakar mısınız?
   Peçete verir misiniz?
   Menü verir misiniz?
   Bana tuzluğu uzatır mısınız?

Sokakta	
Manavda	
Otelde	
Bankada	

C. Arkadaşınıza sorun, yanıtları yazın.

請詢問您的朋友並寫下回答。

1. Kahvaltıda ne içersin?

_____

2. Her akşam internete girer misin? Niçin?

_____

3. Genellikle saat kaçta yatarsın?

_____

4. Her gün okula neyle gidersin?

_____

5. Boş zamanlarında neler yaparsın?

_____

6. Hangi tür filmleri izlersin?

_____

7. Hafta sonları evde mi kalırsın, arkadaşlarınla mı çıkarsın? Niçin?

_____

8. Akrabalarını ziyaret eder misin? Sıklığı nasıl? Niçin?

_____

D. Aşağıdaki sözcüklerden geniş zaman, geniş zamanın hikâyesi ve geniş zamanın rivayeti ile anlamlı cümleler kurun.

請用以下的詞彙組成寬廣式、寬廣式 - 確實過去複合時態和寬廣式 - 傳說過去複合時態的句子。

1. gençken / futbol / oynamak / güzel / babam / çok

_____

2. sinema / her / hafta / ortaokuldayken / gitmek / ben

_____

3. her hafta / spor salonu / ben / son aylarda / gitmek

_____

4. kullanmak / insanlar / cep telefonu / yüzyıllar / hiç / önce

_____

5. sana / telefon etmek / yarın / o / belki

_____

E. Eşleştirin. 請配對。

---
sanırım / tebrik ederim / teşekkür ederim / fark etmez / ne olur ne olmaz / umarım / korkarım / affedersiniz / özür dilerim / rica ederim

---

1. A: Hocam, _____ Geçen hafta hastalandım, bu yüzden ödevimi

   yapamadım.

   B: Geçmiş olsun! Şimdi iyileştin mi?

2. A: Anneciğim, dışarıda futbol oynamak istiyorum. İzin verir misin?

   B: _____ birazdan yağmur yağacak. Islanırsın.

3. A: _____ Beşiktaş İskelesi'ni bana tarif eder misiniz?

   B: Köşedeki büfeye vardıktan sonra sağa dönersiniz. 500 metreden sonra sola

   bakarsınız ve bulursunuz.

4. A: Hayırlı olsun. Evlenmişsin. _____!

   B: Teşekkür ederim. Darısı başına.

5. A: Dünkü depremi hissettin mi?

   B: Tabii, hissetmez miyim?

   A: Peki herkes iyi miymiş?

   B: Çok şükür. Herkes iyi. Ama _____ yakınlarda artçı depremler meydana

   gelebilir. Dikkatli olmamız lazım.

6. A: Fırat'la kavga mı ettin?

   B: Evet ya.

   A: Neden?

   B: Bilgisayar oyunu oynamak için her gün geç yatıyor. Sağlığına zarar gelmesin diye ona

   geç yatma dedim, fakat kızdı. İyiliği için söyledim. _____ bir gün anlar

   beni.

7. A: Selim Amca, bir fincan çay daha içer misiniz?

   B: Yok, çok içtim. _____ .

8. A: Hangi yemeği istersin, kebap mı, pide mi?

   B: Benim için _____ Önemli olan bir araya gelip sohbet etmemiz.

9. A: Evladım, bana çok yardım ettiğin için çok teşekkür ederim.

   B: _____ , teyzeciğim.

10. A: Anne, ben çıkıyorum!

    B: Şemsiyeyi yanına almayı unutma, _____ Yağmur yağarsa, perişan

    olursun.

F. Doğru seçeneği işaretleyin. 請標示出正確答案。

1. Ezgi küçükken çok güzel piyano _____ .

   a. çalarmış   b. çaldı   c. çalacak   d. çalar

2. Haberlerden duyduğuma göre Türkiye'nin doğusunda kar yağışı hâlâ devam _____ .

   a. ediyor   b. edecek   c. ediyormuş   d. ediyor

3. Yavuz dün evimize geldiğinde, biz arka bahçede futbol _____ .

   a. oynuyormuşuz   b. oynadık   c. oynardık   d. oynuyorduk

4. Oğlum doğduktan sonra üç yaşına kadar çok süt _____ , çok sağlıklıydı.

   a. içti   b. içerdi   c. içermiş   d. içmiş

5. Ekonomik krizler çıkmadan önce ülkenin ekonomik durumuyla o kadar _____ .

   a. ilgilenmedim   b. ilgilenirdim   c. ilgilenmezdim   d. İlgileniyorum

G. Cümleleri geniş zamanın hikâyesi veya geniş zamanın rivayeti ile tamamlayın.

請以寬廣 - 確實過去複合時態或寬廣 - 傳說過去複合時態填空。

iç- / göster- / yap- / kal- / sevme- / gel- / ye- / uyu-

1. Ben eskiden konferansları hiç _____ . Şimdi ise ara sıra konferansa gidiyorum.

2. Dedemden duyduğuma göre bizim şehrimize çok turist _____ .

3. Para yokken insanlar değişim yoluyla alışveriş _____ .

4. Eskiden yemekten sonra tatlı da _____ , ama şu anda kilo vermeye çalışıyor ve diyet uyguluyorum.

5. Hakan Bey emekli olmadan önce günde üç paket sigara _____ . Şimdi sağlıklı yaşamak için artık bırakmış.

6. Leonardo da Vinci gün içinde toplamda sadece bir buçuk saat _____ ve yine de dinç _____ .

7. Pablo Picasso, küçük yaşta resim sanatına ilgi _____ ve yetenekliymiş.

H. Aşağıdaki metni okuyun, altı çizgili eylemleri geniş zamana çevirin ve soruları cevaplayın.

請閱讀文章，並將劃線部分動詞的時態轉為寬廣式並以寬廣式回答問題。

Rüya

Bütün insanlar rüya görüyor. Her gece uyuyoruz ve bütün gece rüya görüyoruz. Ama sadece bir rüya hatırlıyoruz veya hiç hatırlamıyoruz.

Rüyalarımız bazen kötü oluyor. Örneğin rüyamızda çok yüksek bir yerden düşüyoruz, düşüyoruz, düşüyoruz! Ama karanlık büyük boşluk gibi bitmiyor. Korkuyoruz ve uyanıyoruz, odamızda, yatağımızda oturuyoruz. Çok mutlu oluyoruz, çünkü bu bir rüya!

Bazen de rüyalarımız çok güzel oluyor. Örneğin rüyamızda çok güzel bir yerdeyiz. Çok güzel bir kumsalda oluyoruz, her yer yeşil ve mavi oluyor. Arkadaşlarımız da orada oluyor, herkes çok mutlu oluyor ve eğleniyor. Yüzüyoruz, yemek yiyoruz. Rüya birdenbire bitiyor, hiç mutlu olmuyoruz. Çünkü evde odamızda oluyoruz, kumsal yok, arkadaşlar yok, eğlence yok. Bazen tekrar uyumak istiyoruz, rüyaya devam etmek istiyoruz. Ama işlerimiz bizi bekliyor. Kalkıyoruz, işe gidiyoruz. İşte de rüyamızı düşünüyoruz.

Rüyalarımız bize ne anlatıyor? Rüyalar hakkında kitaplar bulunuyor, bazı insanlar rüyadan sonra bu kitaplara bakıyorlar. Örneğin rüyada bir kuş gördünüz; evinize mutluluk gelecek veya bir haber alacaksınız! Bir yaşlı ağaç gördünüz; uzun yaşayacaksınız! Çamaşır yıkadınız; hayatınız değişecek! Siz inanıyor musunuz, bilmiyorum, ama çok insan rüyalara inanıyor.

※ görür /

1. Kötü rüyadan sonra niçin mutlu oluyoruz?

_____

2. İyi rüyadan sonra niçin mutlu olmuyoruz?

_____

3. Gördüğün en güzel rüyayı anlatır mısın?

_____

4. Rüyalara inanır mısın? Niçin?

_____

I. İnternetten şarkıyı dinleyin, boşlukları tamamlayın.

請從網路聆聽歌曲並填空。

Ayla Dikmen – Anlamazdın

Sevilirken bilmedin mi?

Ben söylerken gülmedin mi?

Falımızda _____ var, _____ var demedim mi?

Anlamazdın, anlamazdın

Kadere de _____

Hani sen acı veren kalpsizlerden _____

_____ ki mutlu ol sevgilim

Ben olmasam bile hayat _____ sana

Günahım boynunda, ağlayan bir çift göz bıraktın arkanda.

Kalbim bomboş kaldı _____

Acılar _____ zamanla

Aşka tövbe _____ ben

Görürsün sevince yeniden

3 YANINIZA OTURABİLİR MİYİM?

A. Örnekteki gibi boşlukları doldurun. 請仿照例句填空。

Örnek: Odamda kalabilirsin ama annemin odasında kalamazsın.

1. Siz ameliyattan sonra yürü_____, ama koş_____.
2. Biz çikolata ye_____, ama dondurma ye_____.
3. Onlar şehirde yaşa_____, ama köyde yaşa_____.
4. Ablam şarkı söyle_____, ama dans et_____.
5. Sen matematik sorusunu cevapla_____, ama kompozisyon yaz_____.
6. Biz kütüphanede ders çalış_____, ama parti yap_____.

B. Yeterlilik filliyle cümleleri tamamlayın. 請以能夠動詞填空。

1. Yardımların için teşekkürler. İşim tamam. Git_____.
2. Burası çok kaygan. Dikkatli ol; düş_____.
3. Emel, çok hassas. Ona böyle şakalar yapma! Kırıl_____.
4. Markete mi gidiyorsun? Bana da ekmek al_____ _____?
5. Uykun mu geldi? Şu çekyata uzan_____.
6. Bu yemeği yapmayı bana da öğret_____ _____?
7. Affedersiniz, pasaportunuzu gör_____ _____?
8. Hafta sonu hava güzel ol_____, biz belki pikniğe çık_____.

C. Eşleştirin. 請配對。

( ) 1.   Bu sınav Ali için çok önemli. Onun için   A. hediye alacağım.
( ) 2.   Parayı biriktirip   B. uyuyamam.
( ) 3.   Annem merak etmiştir; haftalardır   C. gazete okuyamaz.
( ) 4.   Alışveriş merkezine gidip babama   D. harekete geçme.
( ) 5.   Burası boş mu?   E. çalışkan olmaya başlıyor.
( ) 6.   Havalimanına gidip .   F. herkesi rahatsız etme.
( ) 7.   Ah, param kalmamış. Senden yirmi lira   G. gitmişler. Çok üzüldüm.
( ) 8.   Çok geç olmuş. Bu saatte   H. vermeden gitmiş.
( ) 9.   Çok üzüldüm. Arkadaşım haber   I. aylardan beri ders çalışıyor.
( ) 10. Geceleri kitap okumadan   J. Oturabilir miyim?
( ) 11. Babam gözlüklerini takmadan   K. arkadaşını karşıladı.
( ) 12. İyice düşünmeden   L. arabamı yenileyeceğim.
( ) 13. Maalesef arkadaşlarım beni beklemeden   M. memleketime uğrayamıyorum.
( ) 14. Durmadan konuşarak   N. taksi bulamayabilirsin.
( ) 15. Sınıf arkadaşları çok yardım ediyor. Kızım   O. borç alabilir miyim?

D. Örnekteki gibi uygun zarf-fiille cümleler kurun.

請仿照例句以適當的動副詞組句。

Örnek: okul / binmek / öğrenci / gelmek / otobüs

Öğrenci otobüse binip okula geldi.

1. hafta sonları / çarşı / yapmak / biz / çıkmak / alışveriş

_____

2. havuz / girmek / yüzmek / başlamak / Hasan

_____

3. sabah / kahvaltı / iş / gitmek / yapmamak / dün

_____

4. çocuk / Türkçe / partik / öğrenmek / yapmak

_____

5. terlikleri / aşağı / giymemek / kardeşim / inmek

_____

6. her gün / duş / söylemek / şarkı / ben / almak

_____

E. İnternetten şarkıyı dinleyin, boşlukları tamamlayın.

請從網路聆聽歌曲並填空。

Kenan Doğulu – Tutamıyorum Zamanı

İnadına _____ , âşık _____ gel
Bu gidişin sonu kötü kalbi _____ gel
Siyahını _____ da gel derdi _____ yeter
Aşka _____ küsmesen yeter
Şafağım kararır daralır geceler

Yerine hiç beni _____ sarhoş oldun mu sen?
Kaderine boyun _____ düne küstün mü sen?
Yüreğine _____ _____ kor çile _____
Göz _____ _____ korku _____
Boğazına _____ sustun mu hiç?

Kal gittiğin yerde mutlu ol
Ya da gel, kalbimde tahta sahip ol
Senin gülen yüzüne kurban bu _____ kalbim
Ama karar ver _____ zamanı

Karar ver…
Karar ver…
Ama karar ver _____ zamanı

F. Okuyun, sorulara cevap verin. 請閱讀並回答問題。

Semih： Beş günden beri iyi uyuyamıyorum. Çok
stersliyim. Durmadan işimle ilgili bir şeyler
düşünüyorum. Gözlerim kapanıyor ama
gözümde uyku yok.

Cemal： Geçmiş olsun! Peki, doktora gittin mi?
Doktor ne diyor?

Semih： Gittim, ilaçlar da aldım, içtim. Ama en fazla
üç saat uyuyabildim, rüyalar görmekle meşguldüm. Dolayısıyla uyandığımda
kendimi hâlâ yorgun hissediyorum.

Cemal： Hm... Sabah erken kalkıp egzersizle kendini yormayı denedin mi? Belki fizik
yorgunluğundan uykun gelebilir.

Semih： Aklıma gelmemişti. Tamam. Yarın sabah hemen denerim. İnşallah işe yarar. Çok
sağ ol.

Cemal： Ayrıca derdini meslektaşlarınla da görüşebilirsin. Belki birlikte iyi bir çözüm
bulabilirsiniz ve stresin azalabilir. Böylece asıl sorundan kurtulup rahat rahat
uyuyabilirsin.

Semih： Tamam. Çok sağ ol. Dediğin gibi yaparım. Uykusuzluk işkencesinden kurtulmayı
çok isterim.

Cemal： Unutmadan bir şey daha söyleyeyim. Yatmadan önceki bir saat içinde artık cep
telefonunu kullanma. Mesajlar veya filmler uykunu kaçırabilir.

Semih： Utanarak itiraf etmeliyim ki cep telefonumu uyuyuncaya kadar kullanıyorum.

Cemal： Sanırım uykusuzluğunun asıl nedenini bulduk. Bir an önce bu alışkanlığını bırak
artık!

1. Semih'in derdi neymiş? Derdinden kurtulmak için neler yapmış?

_____

2. Cemal hangi önerilerde bulunmuş?

_____

3. Sen de benzer bir durumu yaşamış mıydın? Kaç gün sürmüştü? Sonunda nasıl bitmişti?

_____

4. Senin de Semih'e vereceğin önerilerin var mı? Lütfen onları yaz.

_____

G. Hangi iş ilanı hakkında konuşuyorlar?

他們談論的是哪一則徵人啟事？ [MP3-27]

YÜZEBİLİR MİSİNİZ?

Bir ilkokula yüzme havuzu için cankurtaran arıyoruz.

Çalışma gün ve saatleri hafta içi öğleden sonra ya da hafta sonudur.

FRANSIZCA BİLİYOR MUSUNUZ?

Beş yaşındaki oğlum ve kedim için bakıcı arıyorum.

Çalışma günleri Pazartesi, Çarşamba ve Cuma akşamlarıdır.

DANS EDEBİLİR MİSİNİZ?

Biz bir reklam şirketiyiz.

Bir gösteri için halk oyunları ekibinde çalışmak üzere 17-24 yaş arası gençler arıyoruz.

Çalışma süresi günde altı saattir.

1. Neriman neler yapabilir? Dinlediğiniz diyaloğa göre işaretleyin.

   Neriman 會做哪些事？請根據對話標示。

(1) Dans edebilir.   (   )   (5) Hayvan bakabilir.   (   )
(2) Yüzebilir.   (   )   (6) Çocuk bakabilir.   (   )
(3) Şarkı söyleyebilir.   (   )   (7) Araba kullanabilir.   (   )
(4) Fransızca konuşabilir.   (   )   (8) Çalgı çalabilir.   (   )

2. Soruları cevaplayın. 請回答問題。

(1) Neriman aslında hangi işe başvurmak için telefon edecekti?

_____

(2) Fuat Bey nasıl birini arıyor?

_____

(3) Sizce bu diyaloğun devamı ne olabilir?

_____

(4) Sizce Fuat Bey neden öyle bir iş ilanı veriyor?

_____

A. Eleştirelim. 請配對。

1. Geçen hafta sonu arkadaşlarımla sinemaya gidecektim, (   )

2. Tatil için Japonya'ya gitmeye karar verdiler, (   )

3. Stresten pek iyi yiyemiyorum, (   )

4. Sizinle yurt dışına gitmek istiyorum, (   )

5. Anahtarını unutmuş, (   )

6. Yarın Barış'ın doğum günü, (   )

7. Son günlerde Yusuf'un morali iyi değil, (   )

8. Yolda araba kullanabilmek için (   )

A. ona bir hediye almalı mıyız?

B. ama öncelikle para biriktirmem gerek.

C. ama tayfundan dolayı uçuşları iptal edildi. Gezilerini ertelemek zorunda kaldılar.

D. önce ehliyet almak gerekir.

E. onu bu zor günlerinde yalnız bırakmamalısınız.

F. daha dengeli beslenmem lazım.

G. ama patronum beni ofisten aradı. Şirkete gitmek zorunda kaldım.

H. bu yüzden arkadaşının evinde bir gece kalmak zorunda kalmış.

B. Aşağıdaki cümleleri uygun biçimde tamamlayın.
請以合適的型態完成句子。

1. Sınavlar yaklaşıyor. Hepimizin çok ders çalış_____ gerekiyor.

2. İnsanlarla iyi anlaşabilmek için onları dinle_____. (biz)

3. Güzel bir rapor hazırlamanız için mutlaka bu kitabı oku_____ lazım.

4. Yarınki toplantıya saat kaçta gel_____ gerek?

5. Çocukların korku filmi seyret_____ gerekmiş.

6. İyi bir ressam olmak için yetenekli ol_____ gerek.

7. Affedersiniz. Eve dön_____ zorunda_____. (ben)

8. Bu, senin görevin değil ki yap_____ mecbur_____.

C. Örnekteki gibi önerilerde bulunun. 請仿照例句提供建議。

Örnek: Çok yorulduk. → Dinlenmelisiniz.

1. Çok iyi bir arkadaşımı istemeyerek üzmüşüm.

_____

2. Hiç param kalmamış.

_____

3. Orası çok tehlikeli.

_____

4. Son günlerde çok kilo almışım.

_____

5. Mesut çok terlemiş.

_____

6. Misafirler bu akşam geliyor. Ama ev hâlâ dağınık.

_____

7. Yarın erken kalkmalıyım.

_____

8. Çantam çok kirlenmiş.

_____

D. Cümleleri tamamlayın. 請填空。

1. Saat sekiz olmuş. Konferans çoktan başla_____.

2. Üniversitemizde her yıl bölümler arası koro yarışması düzenlen_____.

3. 101 alışveriş merkezi, Tayvan'ın en yüksek bina_____.

4. Başbakan, yarın basın toplantısında konu ile ilgili açıklamaları yap_____.

5. Ayşe bugün okula gelmedi. Galiba hastalan_____.

6. Amerika Kıtası, 1492 yılında keşfedil_____.

E. Aşağıdaki resimler için -CA ekiyle birer cümle kurun.

請用 -CA 字尾為以下圖片各造一個句子。

| dost | aile | sessiz | bin | küçük |

1. Arkadaşımıza _____ davranırız.

2. _____ plaja gidiyoruz.

3. Çocuk _____ ödevini yapıyor.

4. _____ kişi maraton koşuyor.

5. Sokakta _____ bir kedi buldum.

F. Aşağıdaki boşlukları uygun şekilde tamamlayın.

請填空。

1. Çok iyi bir konuşmacıydı. Hepimiz dakika_____ alkışladık.

2. Dikkatli_____ bakarsan eminim sen de görürsün.

3. Denizde milyar_____ balık var.

4. Ben_____ Türk_____ Arap_____dan daha kolay.

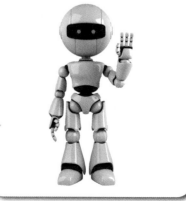

G. Metini okuyup aşağıdaki sorunları yanıtlayın.
請閱讀文章並回答下列問題。

Klima Kullanma Talimatı

• Klimanızı soğutma modunda çalıştırırken çok düşük sıcaklığa ayarlamayın. Böyle yaparak daha hızlı serinlik elde edemezsiniz. Rahat edeceğiniz en yüksek sıcaklığı (24-26°C) seçmelisiniz. Düşürdüğünüz her bir derece, klimanın elektrik tüketimini %10 artıracaktır.

• Nemli günlerde klimanızı nem alma modunda çalıştırmalısınız.

• Çok sıcak günlerde perde, jaluzi ve kepenkler ile güneşin ısısını keserek enerji tasarrufu yapabilirsiniz.

• On yıldan eski olan klimalarınızı yenilemelisiniz. Eski klimalar aynı soğutma performansı için yeni klimalara oranla %40 daha fazla enerji harcar.

• Klimanızın periyodik bakımlarını yetkili serviste yaptırın.

1. Nemli havalarda klimamızı nasıl çalıştırmalıyız?

_____

2. Rahatlamak için klimamızı kaç dereceye ayarlamalıyız?

_____

3. Enerji tasarrufu için neler yapabiliriz?

_____

4. Evimizde çok eski klima varsa ne yapmalıyız?

_____

5. Klimamızı iyi çalıştırmak için bakım nasıl yapılmalı?

_____

H. İnternetten dinleyin ve boşlukları doldurun.
請從網路聆聽並填空。

Can Yücel - Bir Eşi Olmalı İnsanın

Bir eşi _____ insanın!

Rüzgâr O'nun kokusunu _____

Yağmur O'nun sesini.

Elleri _____ ellerini tutabilmek için.

Akşam O'nu görecek diye, pırpır _____ yüreği.

Kelebekler gibi _____ insanın kalbi.

Ayakları birbirine _____ heyecandan, eve dönerken eşi.

Beklemek asırlar gibi uzun _____.

Gelişi ile sonsuz bir nur _____ içine.

* * * * * *

Bir eşi _____ insanın!

Akşam dönüşünü _____ sabırsızlıkla.

Gözleri yollarda _____

Ve kapıyı çalmadan _____

Aşkla _____,

Hasretle _____ boynuna,

Özlemle koklayıp _____,

Yıllarca uzak kalmışçasına!

I. Diyaloğu dinleyip cevaplayın. 請聆聽對話並回答問題。 `MP3-28`

1. Yasemin nereye gidiyor? Niçin?

_____

_____

2. Yasemin hangi dilleri biliyor?

_____

_____

3. Yasemin'e göre Korece nasıl? Dilbilgisini nasıl öğreniyor?

_____

_____

4. Hülya nereye gidiyor? Niçin?

_____

_____

✦ Notlarım 我的筆記

Bugün: _____ (gün), _____ (ay), _____ (yıl)

GEÇMİŞE DÖNEBİLSEYDİK NE GÜZEL OLURDU

A. Dilek Kipi ve Dilek Kipinin Hikâyesi ile cümleleri tamamlayın. 請以祈求式和祈求 - 確實過去複合時態完成句子。

1. Başım çok ağrıyor. Keşke dün akşam partide o kadar iç _____ .

2. Keşke zamanımız ol _____ da tatil yap _____ .

3. Film çok kötü. Keşke evde oturup televizyon seyret _____ .

4. Okuldan dönerken bankaya uğra _____ _____ ?

5. Yarın yağmur yağ _____ da piknik yap _____ .

6. Evde hiç kimse yok. Çok yalnızım. Keşke ailem burada ol _____ .

7. Arkadaşımın gönlünü almak için acaba ne yap _____ ?

8. İki saatten beri otobüs bekliyoruz. Keşke taksiyle git _____ .

B. Aşağıdaki cümleleri tamamlayın. 請完成句子。

1. Yemek güzelse _____ .

2. Yarın sabah kalkamazsan _____ .

3. Eğer zamanın varsa _____ .

4. Birazdan yatacaksan _____ .

5. Ders çalışıyorsanız _____ .

6. Eğer canın sıkıldıysa _____ .

7. Eğer bu konuda yanılmışsam _____ .

C. Aşağıdaki durumlar olsa hayatınız nasıl değişir? Yazın.
如果發生下列情況您的生活會如何變化？寫寫看。

1. Kazıkazandan bir milyon dolar kazansan → _____

2. Doraemon gibi zaman makinen olsa → _____

3. Hayvanlarla konuşabilseniz → _____

4. Dünyada tek başına kalsan → _____

5. Hafızanı tamamen kaybetsen → _____

6. ABD Cumhurbaşkanı olsan → _____

D. Hayattaki beş pişmanlığınızı yazınız.

請寫出生活中五件懊悔的事情。

Örnek: Erken kalksaydım otobüsü kaçırmayacaktım.

Onun yerinde olsaydım onunla kavga etmezdim.

_____

_____

_____

_____

_____

E. Örnekteki gibi yapın. 請依照範例練習。

Örnek: Ali "Önceden randevu alsaydı müdürle görüşürdü." diyor. (Ali'ye göre...)

Ali'ye göre önceden randevu alsaymış müdürle görüşürmüş.

1. Şemsiye alsaydı ıslanmazdı.

_____

2. Dikkatli olsalardı trafik kazası yapmayacaklardı.

_____

3. Murat "Babam bana yardım etseydi o evi alabilirdim." dedi. (Murat'a göre babası...)

_____

4. Aylin "Yalan söylemeseydi onu affedecektim." diyor. (Aylin'e göre...)

_____

5. Otobüsü kaçırsaydık çok kötü olurdu ve sınava yetişemezdik.

_____

F. İnternetten şarkıyı dinleyin, boşlukları tamamlayın.
請從網路聆聽歌曲並填空。

Candan Erçetin – Elbette

Güneş her akşam batıp her gün _____

Çiçekler solup solup tekrar _____

En derin yaralar _____

En büyük acılar _____

Neden korkulur hayatta söyleyin bana

Ben neden aynı kalayım söyleyin bana

Elbette bazen çiçek açıp bazen solacağım

Elbette daldan dala konup sonra _____

Elbette bazen hızla dönüp bazen duracağım

Elbette bazen söyleyip bazen _____

İnanmadım asla _____

Her şeyin bir sonu olduğuna

Elbette bugün _____ yarın güleceğim

Elbette önce çekip gidip sonra _____

✎ Notlarım 我的筆記

Bugün: _____ (gün), _____ (ay), _____ (yıl)

PARK YAPILMAZ

A. İlgili cümleleri edilgen eylemlerle kurun. 請以被動動詞造句。

 1. Bu kavşakta sağa dönülmez.

 2. _____

 3. _____

 4. _____

 5. _____

 6. _____

 7. _____

 8. _____

 9. _____

 10. _____

 11. _____

 12. _____

B. Boşlukları -lI, -sIz veya -lIk ekiyle doldurun.

請以 -lI, -sIz 或 -lIk 字尾填空。

1. Öğretmen öğrencilere "Hiç kimse sınıfa kalem_____ , kitap_____ ve defter_____ girmez." dedi.

2. Fırtına_____ havalarda dışarı çıkmak tehlikeli olur.

3. Benim için gün_____ süt alabilirsen çok sevinirim.

4. Bence (sen) hak_____ ; insanlar sonunda seni anlar.

5. Bizim geziye tüm hazır_____ tamam; şimdi dinlenme zamanı.

6. Arzu genellikle çayını şeker_____ ama kahvesini şeker_____ içmeyi sever.

7. Yemeğin acı_____ mı olsun, acı_____ mı?

8. Dedem gazeteyi göz_____ takarak okur.

9. Başarı_____ olmak için neler yapabilirsin?

10. Gürültü_____ bir yerde asla ders çalışamam; odamın gürültü_____ olmasını severim.

11. En iyi arkadaşımın doğum günü yaklaşıyor. Bugünlerde hediye_____ eşya dükkânına gideceğim.

12. Ahmet çok saygı_____ ve efendi biri. Hiçbir zaman başkalarına saygı_____, görgü_____ davranmaz.

13. İyimser insanlar, bir iş şu anda olanak_____ görünse bile olum_____ düşünmez.

14. Yeni göreviniz hayır_____ uğur_____ olsun! Sizi şimdiden kutluyorum.

C. Örnekteki gibi yapın. 請仿照例句練習。

Örnek: bardaklar / bütün / garson / kırıldı / tepsideki / tarafından
   Tepsideki bütün bardaklar garson tarafından kırıldı.

1. yemek / verilecek / birazdan / molası

_____

2. gribi / önlemler / kuş / çeşitli / karşı / virüsüne / alındı

_____

3. Cumhuriyeti / 29 Ekim 1923 / Türkiye / kuruldu / tarihinde

_____

4. bit pazarında / bu / satılacak / eşyalar

_____

5. bu / verilecek / ve / sekreter / mektuplar / tarafından / yazıldı / yarın / postaya

_____

6. çok / değil / "Harry Potter" adlı / çocuklarca / büyüklerce / seviliyor / sadece / de / roman dizisi

_____

D. Aşağıdaki haberi okuyun ve soruları yanıtlayın.

請閱讀下列新聞並回答問題。

İstanbul'da lale zamanı başlıyor

Lale festivali, İstanbul Büyükşehir Belediyesi tarafından bu yıl da düzenleniyor. Bu festival 11 Nisan Cumartesi günü başlayacak ve 3 Mayıs'a kadar devam edecek. Lale festivali bu zamana kadar 9 kez düzenlendi. Bu festivalle beraber 10 olacak. Festival kapsamında İstanbul'un pek çok yerinde milyonlarca lale açacak.

En güzel laleler seçilecek

17-30 Nisan tarihleri arasında İsmail Acar lale festivali geleneksel resim sergisi de İstanbul lale vakfı sergi salonu – Emirgan Korusu'nda sanatseverlerle buluşacak. İsmail Acar'ın "lale" temalı resim sergisi, lalenin İstanbul'la buluşmasını konu alıyor. İstanbul'a ait mimari formlarla birlikte lale kendi estetik formunu izleyiciye farklı renk, desen ve harmoni zenginliğinde sunuyor.

Lale Festivali kapsamında, her zamanki gibi yine İstanbul'un en güzel laleleri seçiliyor. İstanbul'un parklarında, bahçelerinde, korularında ve köşklerinde lale fotoğrafları yarışıyor.

Satışa sunulacak

İstanbul Lale Festivali, "İstanbul lalesiyle buluşuyor!" sloganıyla 2005 yılında başladı. Dokuz yılda; sergileri, sempozyumları, canlı performansları, gösterileri ve ödül törenleri ile çok canlı ve renkli geçti. Geçmişe renkli bir yolculuk da lale festivali kronolojik fotoğraf sergisi'nde yaşanacak. Festival süresince Emirgan Korusu ve Göztepe 60'ıncı Yıl Parkı'ndaki canlı satış noktalarında laleler satışa sunulacak.

1. Bu yılki İstanbul Lale Festivali ne zamana kadar sürecek?

_____

2. Lale festivalinin sloganı ne?

_____

3. En güzel laleleri seçebilmek için neler yapılıyor?

_____

4. Önceki yıllarda nasıl bir festival geçti?

_____

5. Habere göre canlı lale satışı nerede yapılacakmış?

_____

E. Lütfen -lI, -sIz veya -lIk ekli sıfatlarıyla "En İyi Arkadaşım" adlı kompozisyonu yazın.

請以 -lI, -sIz 或 -lIk 字尾的形容詞寫一篇名為「我最要好的朋友」的作文。

例如：En iyi arkadaşım şu anda 20 yaşında, üniversitede okuyor. Gözlüklü, her zaman güler yüzlü ve çok sevimli bir kız. Ailesiyle dört odalı, bahçesiz ve garajsız bir apartmanda yaşıyor...

_____

_____

_____

_____

_____

_____

_____

_____

_____

_____

_____

_____

_____

_____

_____

_____

_____

_____

_____

_____

_____

_____

_____

_____

_____

_____

_____

NOTE

CEVAP ANAHTARI
解答

1 Ünite

s.140

A.

Uğur dün öğleden sonra çok yorgunmuş. Banyo yapmış ve banyodan sonra parkta yürümek için eşiyle sokağa çıkmış. Hava çok güzelmiş. Çocuklar anneleriyle beraber sokakta yürüyorlarmış. Çocuklar anneleriyle beraber çok mutlularmış. Bu park eskiden çok güzelmiş. Ama şimdi…?! Şimdi insanlar ne yapıyorlar? Orada pek çok kamyon, araba varmış. İşçiler de varmış. Biraz yürümüş, yaklaşmış. Bir adama, "Burada ne yapıyorsunuz?" diye sormuş. Adam "Buraya futbol sahası yapıyoruz." diye cevap vermiş. Futbolu seviyormuş ama güzel parkı da çok seviyormuş. Biraz üzülmüş ve oradan ayrılmış.

B.

1. Çocuk hasta değilmiş.
2. Öğretmen okula gelmiyormuş.
3. Burası yatak odası değilmiş.
4. Yarın müzeye gitmeyecekmişiz.
5. Bu ayakkabı hiç kaliteli değilmiş.
6. Şu anda dinlenmiyorlarmış.

C.

1. Evet, kardeşim açmış. / Hayır, kardeşim aç değilmiş, tokmuş.
2. Evet, hava yağmurluymuş. / Hayır, hava yağmurlu değilmiş.
3. Evet, ablan öğrenciyken çalışkanmış. / Hayır, ablan öğrenciyken çalışkan değilmiş.
4. Evet, kütüphane evine yakınmış. / Hayır, kütüphane evine yakın değilmiş, uzakmış.

D.

1. yaramazmışım
2. Türkiye'ye gitmiş
3. futbolcuymuşsunuz
4. cüzdanımı unutmuşum
5. yağmurluymuş
6. hasta mıymış
7. lezzetliymiş , hesaplıymış / hesaplıymış, lezzetliymiş
8. şarkıcıymış

E.

1. Öğrenciler her sabah stadyumda koşuyorlarmış / koşarlarmış.
2. Kardeşin birazdan eve gelecekmiş / geliyormuş.

3. Mustafa dün akşam sinemaya gitmemiş, evde ders çalışmış.
4. Çocuk bu sabah kahvaltı yapmamış, oyun oynamış.

F.

1. Dün okula saat 9'da gelmemiş mi?
2. Levent sınavlara hazırlanıyor muymuş?
3. Geçen hafta pikniğe çıkmışlar mı?
4. Bugün dersimiz var mıymış?
5. Turistler, Türk yemeğini çok seviyorlar mıymış?
6. Yarın maaşını alacak mıymış?
7. Küçükken çok uslu muymuşum?
8. Arkadaşlarım beni beklemeyecekler miymiş?

G.

1. Hoca, onarmak için evinin damını çıkmış.
2. Hoca'dan sadaka almak için ısrar etmiş.
3. Hoca "Allah versin" diye cevap vermiş. Çünkü adama çok kızmış.
4. Hoca küçük bir tencere koymuş.
5. İnsanlar açgözlü olmamalı.
6. Bence Nasreddin Hoca, esprili bir şekilde insanlara dürüst ve başkalarına karşı anlayışlı olmasını öğretmeye çalışmış.

H.

1. E   2. C   3. A   4. B   5. F   6. D

2 Ünite

s.146

A.

1. Beni iyice dinler misiniz?
2. Sessiz olur musunuz?
3. Bana yardım eder misiniz?
4. Beni bekler misiniz?
5. Bana her gün telefon eder misin?
6. Çocuğu parka götürür müsün?

B.

1. Affedersiniz, şu adresi tarif eder misiniz? / Su otobüs Kızılay'dan geçer mi?
2. Poşet verir misiniz? / İndirim yapmaz mısınız?
3. WiFi şifresini verir misiniz? / Benim için taksi çağırır mısınız?
4. Şu formu doldurur musunuz? / Şuraya imza atar mısınız?

C.

1. Kahvaltıda süt içerim.
2. Evet, her akşam internete girerim, çünkü ailemle konuşurum.

3. Genellikle saat 12'de yatarım.

4. Her gün okula metroyla giderim.

5. Boş zamanlarımda sinemaya giderim ve alışveriş yaparım.

6. Komedi filmleri izlerim.

7. Arkadaşlarımla çıkarım çünkü onlarla sohbet etmeyi severim.

8. Evet, akrabalarımı ziyaret ederim. Genellikle yılda iki defa, özellikle bayramlarda ziyaret ederim. Herkes yoğun olduğu için sık sık görüşmüyoruz, onun için bayramlarda beraber kutlarız.

D.

1. Babam gençken çok güzel futbol oynarmış.

2. Ben ortaokuldayken her hafta sinemaya giderdim.

3. Son aylarda ben her hafta spor salonuna giderim.

4. Yüzyıllar önce insanlar cep telefonunu hiç kullanmazmış / kullanmazlarmış.

5. O belki yarın sana telefon eder.

E.

1. özür dilerim

2. Korkarım

3. Affedersiniz

4. Tebrik ederim

5. sanırım

6. Umarım

7. Teşekkür ederim

8. fark etmez

9. Rica ederim

10. Ne olur ne olmaz

F.

1. a   2. c   3. d   4. b   5. c

G.

1. sevmezdim

2. gelirmiş

3. yaparmış / yaparlarmış

4. yerdim

5. içermiş

6. uyurmuş / kalırmış

7. gösterirmiş

H.

※ görür / uyuruz / görürüz / hatırlarız / hatırlamayız

olur / düşeriz / düşeriz / düşeriz / bitmez / Korkarız / uyanırız / otururuz / oluruz

olur / oluruz / olur / olur / olur / eğlenir / Yüzeriz / yeriz / biter / olmayız / oluruz / isteriz / isteriz / bekler / Kalkarız / gideriz / düşünürüz

anlatır / bulunur / bakarlar / gelir / alırsınız / yaşarsınız / değişir / inanır mısınız / bilmem / inanır

1. Çünkü uyanırız, "O, sadece bir rüya" diye anlarız ve rahatlarız.

2. Çünkü güzel rüya birdenbire biter, tekrar uyumak ve güzel rüyaya devam etmek isteriz fakat rüyaya devam edemeyiz diye üzgün üzgün kalkarız.

I.

hasret / ayrılık / inanmazdın / olamazdın / Dilerim / gülsün / sanma / geçer / demem

3 Ünite

s.152

A.

1. yürüyebilirsiniz, koşamazsınız

2. yiyebiliriz, yiyemeyiz / yiyemeyiz, yiyebiliriz

3. yaşayabilirler, yaşayamazlar / yaşayamazlar, yaşayabilirler

4. söyleyebilir, edemez / söyleyemez, edebilir

5. cevaplayabilirsin, yazamazsın / cevaplayamazsın, yazabilirsin

6. çalışabiliriz, yapamayız

B.

1. Gidebilirsin

2. düşebilirsin

3. kırılabilir

4. alabilir misin

5. uzanabilirsin

6. öğretebilir misin / öğretebilir misiniz

7. görebilir miyim

8. olabilir, çıkabiliriz / olmayabilir, çıkamayız / çıkamayabiliriz

C.

1. I   2. L   3. M   4. A   5. J   6. K   7. O   8. N

9. H   10. B   11. C   12. D   13. G   14. F   15. E

D.

1. Biz hafta sonları çarşıya çıkıp alışveriş yapıyoruz.

2. Hasan havuza girip yüzmeye başladı.

3. Dün sabah kahvaltı yapmadan işe gittim.

4. Çocuk pratik yaparak Türkçe öğreniyor. / Çocuk pratik yapa yapa Türkçe öğreniyor.

5. Kardeşim terlikleri giymeden aşağı indi.

6. Ben her gün şarkı söyleyerek duş alıyorum.

E.

yenilmeden / olmadan / kaybetme / bırak / sil / zulmedip / koyup / eğip / cayır cayır / saçıp / göre göre / saklayıp / gömülüp / serseri / tutamıyorum / tutamıyorum

F.

1. Semih'in derdi uykusuzluktur. Ondan kurtulmak için doktora gitmiş, ilaçlar alıp içmiş.

2. Cemal Semih'in egzersiz yapmasını, derdini meslektaşlarıyla görüşmesini ve yatmadan önceki bir saat içinde cep telefonunu kullanmamasını teklif etmiş.

G.

1. (1) Dans edebilir.　(2) Yüzebilir.
   (5) Hayvan bakabilir.　(7) Araba kullanabilir.
   (8) Çalgı çalabilir.

2.

   (1) Neriman aslında halk oyunları ekibinde çalışmak için reklâm şirketine telefon edecekti.

   (2) Fuat Bey oğluna ve kedisine bir bakıcı arıyor.

   (3) Neriman: Aaa ben yanlış numarayı aramışım. Özür dilerim.
   Fuat Bey: Önemli değil. Belki... oğluma keman çalmayı öğretir misiniz? Maaş problem değil.
   Neriman: Biraz düşünmem lazım. Yarın size cevabımı vereceğim. Fuat Bey: Tamam, bekliyorum.

   (4) Fuat Bey'in eşi Fransız olabilir. Türkçesi olmayabilir. Fuat Bey ise çok meşgul olabilir. Eşiyle anlaşabilmek için Fransızca bilen bir bakıcıya ihtiyacı vardır.

*Dinleme metni　MP3-27

Neriman:　Alo, iyi günler!
Fuat Bey:　İyi günler!
Neriman:　Ben Neriman. Gazete ilanınız için arıyorum.
Fuat Bey:　Evet, Neriman Hanım, ne iş yapıyorsunuz?
Neriman:　21 yaşındayım ve öğrenciyim.
Fuat Bey:　Öyle mi? Çok güzel!
Neriman:　Konservatuvarda okuyorum. Dans etmeyi seviyorum.
Fuat Bey:　Yaaa! Çok iyi! Şarkı da söyleyebiliyor musunuz?
Neriman:　Şarkı söyleyemiyorum, ama çok iyi keman çalabiliyorum.
Fuat Bey:　Çok güzel! Yüzmeyi biliyor musunuz?
Neriman:　Evet, yüzebiliyorum. Aynı zamanda voleybol da oynayabiliyorum.
Fuat Bey:　Harika! Peki, Fransızca konuşabiliyor musunuz?
Neriman:　Hayır, yabancı dil bilmiyorum ama araba kullanabiliyorum.
Fuat Bey:　Hm! Bu da iyi. Kedileri sever misiniz? Bir kediye bakabilir misiniz?
Neriman:　Aaa, evet! Kedilere bayılırım.

Fuat Bey:　Güzel! Bizim bir kedimiz var, oğlum onunla oynamayı çok seviyor.
Neriman:　Çocuğunuz mu? Anlamadım.
Fuat Bey:　Evet, çocuk bakabilir misiniz?
Neriman:　Hayır, hayır! Bu mümkün değil!
Fuat Bey:　Ama ben bu ilanı çocuk bakıcılığı için vermiştim.
Neriman:　Çocuk bakıcılığı mı? Siz reklam şirketi değil misiniz?
Fuat Bey:　Reklam şirketi mi? Hayır! Yanlış numarayı aradınız galiba!

4　Ünite

s.156

A.
1. G　2. C　3. F　4. B　5. H　6. A　7. E　8. D

B.
1. çalışması
2. dinlemeliyiz
3. okumanız
4. gelmem (/ gelmemiz)
5. seyretmemesi (/ seyretmemeleri)
6. olmak
7. dönmek zorundayım (/ zorunda kaldım)
8. yapmaya mecbur değilsin

C.
1. Özür dilemen lazım.
2. Başkasından borç almak zorunda kalırsın.
3. Gitmemelisiniz.
4. Rejim ve spor yapman gerek.
5. Duş almalı.
6. Hemen evi toplamalıyız.
7. Hemen cep telefonunu bırakıp yatmalısın.
8. Çantanı iyice yıkamalısın.

D.
1. başlamıştır
2. düzenlenmektedir
3. binasıdır
4. yapacaktır
5. hastalanmıştır
6. keşfedilmiştir

E.
1. dostça
2. ailece
3. sessizce
4. binlerce

5. küçükçe

F.

1. dakikalarca
2. Dikkatlice
3. milyarlarca
4. Bence Türkçe Arapçadan

G.

1. Nemli havalarda klimamızı nem alma modunda çalıştırmalıyız.
2. Rahat etmek için klimamızı 24-26 dereceye ayarlamamız lazım.
3. Enerji tasarrufu için:
   (1) Klimamızı 24-26 dereceye ayarlayabiliriz.
   (2) Çok sıcak günlerde perde, jaluzi ve kepenkler ile güneşin ısısını kesebiliriz.
   (3) Düzenli bir şekilde klimamızın filtrelerini temizleyebiliriz.
4. Evimizde çok seki klima varsa onu yenilemeliyiz.
5. Klimamızın periyodik bakımlarını yetkili serviste yaptırabiliriz.

H.

olmalı / getirmeli / yanmalı / etmeli / olmalı / dolaşmalı / gelmeli / dolmalı / olmalı / beklemeli / kalmalı / açmalı / karşılamalı / sarılmalı / öpmeli

I.

1. Yasemin Korece kursuna gidiyor, çünkü Korece öğreniyor.
2. Yasemin Türkçe, İngilizce, Korece, Farsça ve Arapça biliyor.
3. Yasemin'e göre Korece ne zor ne kolay. Dilbilgisini kolayca öğreniyor.
4. Hülya Kore'den gelen paketi almak için postaneye gidiyor.

*Dinleme metni `MP3-28`

Hülya : Böyle acele acele, nereye gidiyorsun, Yasemin?

Yasemin : Geç kaldım. Korece kursuna gidiyorum, Hülya.

Hülya : Öyle mi? Korece mi öğreniyorsun?

Yasemin : Evet, Korece öğreniyorum. Bir dil bir insan, iki dil iki insan demiş atalarımız.

Hülya : Tebrik ederim. Sence Korece nasıl, zor mu?

Yasemin : Bence ne zor ne kolay. Yavaş yavaş öğreniyorum.

Hülya : İyice öğrendin mi?

Yasemin : Dilbilgisini kolayca öğreniyorum ama konuşmada biraz sıkıntım var. Çünkü pratik yapmak lazım. Pratik yapacak olanaklar sınırlı.

Hülya : Haklısın. Başka hangi dilleri biliyorsun?

Yasemin : İngilizce biliyorum. Farsça ve Arapça az biliyorum. Bir de anadilim Türkçe.

Hülya : Harika.

Yasemin : Sen nereye gidiyorsun?

Hülya : Ben postaneye gidiyorum. Kore'den bir paket gelmiş, onu alacağım.

Yasemin : Paket büyük mü?

Hülya : Büyük sayılmaz, küçücük bir paket, içinde bir kitap var. Haydi, sen geç kalma. İyi dersler.

Yasemin : Teşekkürler.

5 Ünite

s.162

A.

1. içmeseydim
2. olsa, yapsak / yapabilsek
3. seyretseydim / seyretseydik
4. uğrasam mı? / uğrasak mı? / uğrasa mıydım? / uğrasa mıydık?
5. yağmasa, yapsak / yapabilsek
6. olsaydı
7. yapsam / yapabilsem
8. gitseydik

B.

1. Yemek güzelse bir tabak daha yiyeceğiz.
2. Yarın sabah kalkamazsan randevuya zamanında yetişemezsin.
3. Eğer zamanın varsa biraz görüşüp kahve içelim.
4. Birazdan yatacaksan şimdiden sana tatlı rüyalar diliyorum.
5. Ders çalışıyorsanız rahatsız etmeyeyim, daha sonra gelebilirim.
6. Eğer canın sıkıldıysa bu işe ara ver de biraz dinlen.
7. Eğer bu konuda yanılmışsam lütfen çekinmeden söyle de hatalarımı düzelteyim.

C.

1. Kazıkazandan bir milyon dolar kazansam hemen istifa edeceğim.

2. Doraemon gibi zaman makinem olsa ara sıra zaman yolculuğuna çıkarım.

3. Hayvanlarla konuşabilirsem onların düşüncelerini ve duygularını öğrenmek isterim.

4. Dünyada tek başıma kalsam yalnızlıktan ölebilirim.

5. Hafızamı tamamen kaybetsem bile şarkı söylemeye devam edeceğim.

6. ABD Cumhurbaşkanı olsam yeryüzündeki tüm insanların barış, rahat ve huzur içinde yaşaması için çabalarım.

D.

1. Para biriktirseydim Türkiye'ye giderdim.

2. Ödevimi bitirseydim bu gece erken yatardım.

3. Evden çıkmadan önce kahvaltı yapsaydım başım o kadar dönmezdi.

4. Grip olmasaydım arkadaşımla Türk Gecesi'ne gidecektim.

5. Anahtarımı unutmasaydım evimin önünde saatlerce ailemin dönmesini beklemeye gerekmezdi.

E.

1. Şemsiye alsaymış ıslanmazmış.

2. Dikkatli olsalarmış trafik kazası yapmayacaklarmış.

3. Murat'a göre babası kendisine yardım etseymiş o evi alabilirmiş.

4. Aylin'e göre yalan söylemeseymiş onu affedecekmiş.

5. Otobüsü kaçırsaymışız çok kötü olurmuş ve sınava yetişemezmişiz.

F.

doğuyorsa / açıyorsa / kapanıyorsa / unutuluyorsa / uçacağım / susacağım / inanamam / ağlıyorsam / döneceğim

6 Ünite

s.166

A.

1. Bu kavşakta sağa dönülmez.

2. Alkollü içecekler içilmez. / Alkollü araç kullanılmaz.

3. Sola dönülmez.

4. Park yapılmaz. / Park edilmez.

5. U dönüşü yapılmaz.

6. Bisikletle girilmez.

7. Sesli ikaz cihazları kullanılmaz.

8. Yiyecek ve içecekle girilmez.

9. Şişeler yere atılmaz.

10. Benzin istasyonunda kibrit kullanılmaz.

11. Yiyecek yenmez.

12. Köpekle girilmez.

B.

1. kalemsiz, kitapsız, deftersiz

2. Fırtınalı

3. günlük

4. haklısın

5. hazırlıklarımız

6. şekersiz, şekerli / şekerli, şekersiz

7. acılı, acısız

8. gözlük

9. Başarılı

10. Gürültülü, gürültüsüz

11. hediyelik

12. saygılı, saygısız, görgüsüz

13. olanaksız, olumsuz

14. hayırlı uğurlu

C.

1. Birazdan yemek molası verilecek.

2. Kuş gribi virüsüne karşı çeşitli önlemler alındı.

3. Türkiye Cumhuriyeti 29 Ekim 1923 tarihinde kuruldu.

4. Bu eşyalar bit pazarında satılacak.

5. Bu mektuplar sekreter tarafından yazıldı ve yarın postaya verilecek.

6. "Harry Potter" adlı roman dizisi sadece çocuklarca değil, büyüklerce de çok seviliyor.

D.

1. 3 Mayıs'a kadar sürecek.

2. İstanbul lalesiyle buluşuyor!

3. İstanbul'un parklarında, bahçelerinde, korularında ve köşklerinde lale fotoğrafları yarışıyor.

4. Sergileri, sempozyumları, canlı performansları, gösterileri ve ödül törenleri ile çok canlı ve renkli geçti.

5. Canlı lale satışı, Emirgan Korusu ve Göztepe 60'ıncı Yıl Parkı'nda yapılacakmış.

NOTE

國家圖書館出版品預行編目資料

土耳其語A2-B1：專為華人編寫之初級教材 /
馬仕強（Özcan Yılmaz）、紀耀凱（Yao-Kai Chi）、
曾蘭雅（Lan-ya Tseng）合著
-- 初版 -- 臺北市：瑞蘭國際, 2019.10
184面；21 x 29.7公分 --（外語學習系列；61）
ISBN：978-957-9138-28-4（平裝）
1.土耳其語 2.讀本

803.818   108012671

外語學習 61

土耳其語A2-B1：專為華人編寫之初級教材

作者｜馬仕強（Özcan Yılmaz）、紀耀凱（Yao-Kai Chi）、曾蘭雅（Lan-ya Tseng）
責任編輯｜葉仲芸
校對｜馬仕強（Özcan Yılmaz）、紀耀凱（Yao-Kai Chi）、曾蘭雅（Lan-ya Tseng）、魏宗琳、葉仲芸

土耳其語錄音｜白蒂亞（Bedia Aydoğan）、娜姿妃（Nazife Gövce）、紀穆薩（Musa Kızıltepe）、
　　　　　　　柯穆騰（Mert Akar）
錄音室｜采漾錄音製作有限公司
封面設計｜余佳憓
版型設計｜陳如琪
內文排版｜陳如琪、林士偉

瑞蘭國際出版
董事長｜張暖彗・社長兼總編輯｜王愿琦
編輯部
副總編輯｜葉仲芸・副主編｜潘治婷
文字編輯｜林珊玉、鄧元婷
設計部主任｜余佳憓・美術編輯｜陳如琪
業務部
副理｜楊米琪・組長｜林湲洵・專員｜張毓庭

出版社｜瑞蘭國際有限公司・地址｜台北市大安區安和路一段104號7樓之1
電話｜(02)2700-4625・傳真｜(02)2700-4622・訂購專線｜(02)2700-4625
劃撥帳號｜19914152 瑞蘭國際有限公司
瑞蘭國際網路書城｜www.genki-japan.com.tw

法律顧問｜海灣國際法律事務所　呂錦峯律師

總經銷｜聯合發行股份有限公司・電話｜(02)2917-8022、2917-8042
傳真｜(02)2915-6275、2915-7212・印刷｜科億印刷股份有限公司
出版日期｜2019年10月初版1刷・定價｜480元・ISBN｜978-957-9138-28-4

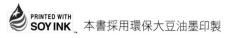

瑞蘭國際

瑞蘭國際

瑞蘭國際

 瑞蘭國際